CONTOS DE RACIOCÍNIO E INVESTIGAÇÃO

CONTOS DE RACIOCÍNIO E INVESTIGAÇÃO

Edgar Allan Poe

TRADUÇÃO E NOTAS:
ELIANE FITTIPALDI PEREIRA
KATIA MARIA ORBERG

APRESENTAÇÃO E POSFÁCIO:
ELIANE FITTIPALDI PEREIRA

MARTIN CLARET

SUMÁRIO

APRESENTAÇÃO
7

CONTOS DE RACIOCÍNIO E INVESTIGAÇÃO

O HOMEM DA MULTIDÃO
29

OS ASSASSINATOS NA RUA MORGUE
47

O MISTÉRIO DE MARIE ROGET
103

A CARTA ROUBADA
179

"TU ÉS O HOMEM"
211

POSFÁCIO
235

APRESENTAÇÃO

MAIS POE?

O leitor entra na livraria em busca de uma boa tradução dos contos de Poe para o português e... não sabe qual das inúmeras coletâneas deve escolher. Algumas são assinadas por escritores e tradutores famosos; outras fazem parte de coleções tradicionais; outras ainda são bem atuais, com capas e ilustrações atraentes.

E nós, aqui, uma vez mais traduzindo Poe — escritor de domínio público, lido e relido e mais que acessível em todos os tipos de mídia. A um clique do *mouse*, descarrega-se um conto seu em qualquer língua do mundo, a qualquer momento, sem custo algum, em qualquer computador.

O que então justifica mais esta coleção, qual o seu diferencial?

POE É POP?

Primeiramente, entendamos bem esta tradução no contexto do que Poe significa hoje.

Ele é, sim, um escritor que se tornou popular em função do fascínio que seus temas exercem — o mistério, o terror, a sondagem dos impulsos tenebrosos e desejos obscuros da alma humana. Poe é uma influência determinante em toda a nossa modernidade, o criador das histórias de detetive e das tramas de ficção científica, presente nas atualíssimas tendências fantásticas, góticas e *underground*. Mas ele é, acima de tudo, um esteta de talento que abriu caminhos para todas as correntes literárias de linha subjetivista e barroca que vieram depois dele. Trata-se de um escritor-crítico que tem pleno domínio da arte poética, um artífice que controla, com mão de ferro e cordas de alaúde, os efeitos que exerce em seu leitor. Um arquiteto do estilo que sabe estruturar um conto como poucos e, ainda que esse modo de estruturar possa ser posto em questão, é referência inegável na história da literatura e da crítica literária.

O conto não é mais o mesmo depois de Poe. Não se escreve mais da mesma maneira depois de Poe. Não se vê mais o mundo, a vida e a morte da mesma ótica depois de Poe.

Fundamental é, pois, conhecê-lo. E aqueles que não o leem no original também têm direito a ele.

Há muitos anos, em trabalho acadêmico, sugeri a seguinte situação:

> imaginemos, por hipótese, um leitor culto e bastante sensível às qualidades estéticas de um texto literário, mas que só tenha acesso a esse texto (no caso específico, um conto de Poe) pela intermediação de um tradutor [...].

Teria esse leitor a oportunidade de realmente apreender os vários sentidos possíveis que se abrem e se entrecruzam no original? O trabalho que tem nas mãos é, também ele, uma obra de arte? No caso, a mesma que foi assinada por Poe ou outra ainda? O universo artístico que se apresenta à sua recepção é aquele cuja existência se fez necessária à Arte para ensinar aos deuses como é que se cria? Trata-se ainda de outro universo possível, único e diferenciado do primeiro, embora nele inspirado? Ou será que a própria Arte teria instigado mais um demiurgo (o tradutor) a fazê-lo melhor do que já era?[1]

Essa última pergunta me veio à mente, sobretudo, porque no trabalho em questão eu comparava o original de um conto de Poe com sua tradução feita por não menos que Baudelaire.

No caso deste livro que agora traduzimos, ainda se trata de assegurar ao leitor o direito à literariedade dentro de determinados parâmetros que procurarei esclarecer mais adiante.

Mas, para chegar lá, vejo-me antes na obrigação de discutir algumas premissas relativas ao modo como Kátia Orberg e eu, tradutoras desta coleção, enfrentamos nossos originais e qual é a nossa concepção de tradução.

---

[1] *"The Masque of the Red Death"*, de *Edgar Allan Poe: Uma Leitura, Várias Traduções*, Dissertação de Mestrado, USP, São Paulo, 1988.

SOBRE A TAREFA DA TRADUÇÃO E OS DESAFIOS DO TRADUTOR

A palavra "tradução", segundo a etimologia latina (*traductione*), é o ato ou o efeito de transferir uma mensagem de uma língua ou linguagem para outra. E esse processo implica uma série de dificuldades empíricas e culturais, já que:

– as línguas não se correspondem;

– as realidades a serem transpostas nem sempre se correspondem;

– e, principalmente, as visões de mundo de emissores e receptores da(s) mensagem(ns) a ser traduzida(s) se correspondem menos ainda.

Considerando tudo isso, uma tradução bem-sucedida, mais que uma ciência, técnica ou arte, constitui quase um milagre: um ato que instaura uma realidade nova mas, ao mesmo tempo, afim com outra realidade que a precede; um ato que leva seres humanos de culturas e repertórios distintos a comunicar-se (palavra esta que vem do latim *comunicare:* tornar comum uma ideia, um pensamento, um sentimento, uma emoção e, no caso da tradução literária, também o estilo discursivo).

Nesse processo, o tradutor é aquele que torna compreensível o que era antes ininteligível e por isso ele é, antes de mais nada, hermeneuta — na origem grega, *hermeneutés*, aquele que interpretava os sentidos das palavras; aquele a quem cabia transpor, para a linguagem humana, a vontade divina e vice-versa, permitindo a comunicação entre os deuses e os homens; aquele que exprimia, explicitava e, como Hermes, o deus mensageiro, transitava entre falas.

Os hermeneutas da Grécia Antiga eram sacerdotes encarregados de interpretar o discurso da Pítia, ou pitonisa, para as pessoas que acorriam ao templo de Delfos em busca da ajuda do deus Apolo. A Pítia, sacerdotisa com inspiração profética, recebia as mensagens divinas em transes durante os quais pronunciava frases enigmáticas, expressões ambíguas ou sons desconexos.

Não sei quais eram as habilidades específicas de um sacerdote Antigo, nem tampouco se ele recebia algum tipo de treinamento para exercer sua função; mas sei que, hoje, um tradutor não pode prescindir de uma teoria que coloque à sua disposição um aparato racional que o leve a realizar os processos de transposição de uma língua para a outra com relativa segurança, sem no entanto se impor a esses processos e sem reduzir ou manipular o texto a partir de uma perspectiva formal ou "conteudista".

Digo "com relativa segurança" porque, quando lidamos com o discurso (principalmente o literário), sempre há o surpreendente, o inapreensível; e porque uma "ciência" da tradução nunca será tão "científica" como são, por exemplo, a física ou a química, nem tão "predominantemente técnica" como as que tratam da perfuração de poços de petróleo e da implantação das redes de telefonia celular.

Quando o tradutor se dedica a textos que tratam de assuntos como esses últimos (perfuração de petróleo e telefonia), conta com estratégias que permitem alcançar a maior proximidade linguística possível do original.

Novamente utilizo um vocabulário modalizador ao dizer "*predominantemente* técnicos" e "proximidade *possível*" porque tais assuntos podem vir a ser tratados com intenções comerciais, políticas ou de outro tipo, que determinam o seu modo de elocução. Mesmo a mais técnica das traduções requer, antes de qualquer coisa, uma relação muito particular entre o texto, o leitor e o pensamento do autor, assim como uma forte sensibilidade para a *interpretação do texto* — área de conhecimento não por acaso denominada *hermenêutica*.

É por isso — porque não há tradução sem interpretação e, portanto, sem hermenêutica — que, para falar de tradução literária (e de Poe), retorno a uma época em que os deuses ainda estavam vivos e os autores não estavam mortos. Mas nem por isso há que perder o pé neste nosso tempo em que se permite à linguagem dizer para além do escritor e em que a expressão "interpretar um texto" não mais significa reduzi-lo a um significado predominante ou oculto. Porque interpretar é não só garantir a comunicação de um grupo apelando para os significados tradicionais das palavras e do discurso, mas também desmistificar as pressuposições (pré-suposições) que transcendem esse discurso, desconstruí-lo e amplificar suas significâncias.

Depois que Nietzsche apontou para o caráter ideológico da linguagem; Freud, para a importância que tem nela o inconsciente; e Foucault, para o fato de que linguagem e poder estão necessariamente relacionados, seria ingênuo encarar qualquer texto literário, assim como sua interpretação e tradução, como passíveis de objetividade ou neutralidade. Todo tradutor deve ter em mente que o texto de chegada trará as marcas de sua leitura e de suas escolhas, para o bem e para o mal. Mas essas escolhas podem ser orientadas pela disposição para "ser todo ouvidos" e pela consciência de que a tarefa tradutória, hermenêutica que é, implica em "construir algo que 'não está construído'", "que se vai formando, de certo modo, de dentro, até alcançar sua própria figura". Quando isso acontece, ele desaparece, como hermeneuta e tradutor, para dar lugar ao "brilho da beleza" do texto original como "ser verdadeiro" e assim, "o texto fala".[2]

TRADUÇÃO LITERÁRIA: TÉCNICA E ARTE

Antes de tratar especificamente desta nossa tradução dos contos de Poe, falemos um pouco da tradução da obra literária em geral: aquela que mais nos desafia, que mais exige de nossa argúcia, cultura, sensibilidade e intimidade com os deuses.

O texto que entendemos como *Literário* é o texto escrito que tem o predomínio da função estética, embora a palavra "literatura" seja hoje empregada por nossa cultura banalizadora para se referir a qualquer tipo de produção escrita:

---

[2] As expressões entre aspas são de Hans-Georg Gadamer em "Texto e interpretación", *Verdad y Metodo II*, ediciones Sígueme, Salamanca, 1998, p. 319-347.

não é difícil encontrarmos expressões como "literatura médica", "literatura jurídica", "literatura psicanalítica" e até mesmo uma "literatura de ficção" bem instalada em nossa Academia Brasileira de Letras, mas que está longe de ser literária no sentido que nós, pessoas das Letras, atribuímos a essa palavra.

Falo aqui da verdadeira Arte: aquela que lida com a polissemia da palavra; aquela que (se ainda me é permitido usar essa imagem metafísica em uma época tão positivista) magicamente transmuta e refaz o universo "de um modo melhor do que o que fizeram os deuses".[3]

É nessa área que os melhores tradutores sentem a responsabilidade e o encantamento de se saberem hermeneutas — transmissores de mensagens míticas e divinas. E é nessa atividade que eles devem operar com mais humildade: porque, embora responsáveis pela transmissão do sagrado que há na Arte, são sujeitos ao erro e ao pecado.

E, além das dificuldades gerais da tradução, quais são aquelas que um tradutor de boa Literatura enfrenta?

Todas.

A maior e mais óbvia é aquela já mencionada de tentar produzir uma obra que seja, também ela, artística, mas que não se distinga da original depois de recodificada.

Isso é o que qualquer tradutor desejaria, mas é querer demais.

---

[3] Étienne Souriau, *A Correspondência das Artes*, Cultrix/Edusp, 1983, p. 264.

Todos sabemos que uma cópia da *Mona Lisa*, por mais bem feita que seja, não constitui em si uma obra de arte, pelo evidente fato de que a cópia de um quadro não inaugura um novo mundo, uma nova visão do real; a não ser que não se trate apenas de cópia, e sim, da transposição da imagem original em outra linguagem *inovadora*.

Pensemos, como exemplo, nas traduções da obra *Le déjeuner sur l'herbe*, de Manet, feitas por Pablo Picasso.[4]

Os quadros de Picasso são, também eles, verdadeiras obras de arte.

Porém, seu compromisso de fidelidade faz-se apenas com o tema e não com o estilo de seu "texto-fonte"; sua linguagem é inteiramente outra. Visão de outra época, tais obras não se pretendem apenas traduções, mas, mais que isso, diálogos criativos.

Um tradutor que não tenha pretensões de instaurar-se como autor de outro original, criador de uma nova obra ante a angústia de determinada influência — ou seja, um tradutor que se pretenda apenas tradutor não pode fazer isso sob pena de ser considerado "traidor".

---

[4] O original de Manet pode ser encontrado no *site* do Musée d'Orsay: (http://www.musee-orsay.fr/fr/collections/oeuvres-commentees/recherche.html?no_cache=1&zoom=1&tx_damzoom_pi1%5BshowUid%5D=4003). Inspirado nesse quadro, Picasso produziu 27 telas, seis gravuras e 140 desenhos, alguns dos quais podem ser encontrados no *site* do Museu Picasso (http://www.museepicassoparis.fr). Ainda a esse respeito, recomendamos um artigo publicado em 2008 (parte em inglês, parte em francês) por Alain R. Truong denominado "Picasso/Manet: Le déjeuner sur l'herbe' au Musée d'Orsay" (http://www.alaintruong.com/archives/2008/10/10/10897266.html), que comenta uma exposição ali ocorrida e mostra algumas dessas telas.

Há aquela cruel expressão *"tradutore, tradittori"* para referir-se àqueles de nós que saem da linha. Mas a linha da fidelidade é sempre mal definida, e o dever de bem demarcá-la cabe a algo tão pouco científico como a nossa "sensibilidade" e o nosso "bom senso".

É verdade que traduzir o que quer que seja é uma arte — e toda arte contém poesia (*poiesis* = criação, fabricação). A tradução não existe fora de um fazer criativo, que pode ir do grau quase zero (tradução técnica ou científica) ao mais alto grau de inventividade (tradução de poesia).

No caso específico do texto literário, a prática da tradução pressupõe conhecimentos também técnicos, também eles apoiados em teorias: teoria da gramática, da linguística, da semântica, da estilística, da literatura. Porém, o tradutor literário tem, sim, de aliar, à técnica e à teoria, competências imponderáveis como agudeza de interpretação (ainda a *hermenêutica* em seu aspecto mais sutil e impreciso de contextualização), abertura à desconstrução equilibrada a fim de não se entregar à livre produção de sentido e, por fim, dom artístico para recriar os efeitos textuais — de modo a transmitir não apenas os temas do original, mas também suas conotações, sonoridade, iconicidade, imagética e a emoção que ele produz no leitor. E isso é muito difícil, mas não impossível.

Grandes tradutores, sem se limitar a fotografar a *Mona Lisa*, nem ousar transpor o impressionismo de Manet para o cubismo de Picasso, vêm conseguindo estabelecer uma correspondência equilibrada, honesta, criativa e poética entre o texto-fonte e o texto de chegada.

Perderam eles alguma coisa na passagem de um texto ao outro? Com certeza.

Um bom tradutor sabe, antes de tudo, reconhecer o limite da tradução — como ciência e como arte. Por mais teoria que conheça e por mais prática que tenha, ele compreende que há coisas que não se traduzem — certos isomorfismos de linguagem, certos jogos de significante e significado. Tudo o que lhe resta, nesses casos, é admitir seu fracasso em notas de rodapé.

O hermeneuta Antigo era um simples mortal. Assim também é o tradutor que lida com a linguagem divina e instauradora da Arte. Mas um mortal também tem direito a um estilo e deve ter um livre-arbítrio fiel para escolher entre o que é passível de compensação e o que vai ser irremediavelmente perdido no comércio entre o sagrado e o profano.

A tradução, como processo e como produto, sempre será profana, mas é possível ser profano com dignidade — sem cometer profanações.

FINALMENTE, O PORQUÊ DESTA COLEÇÃO

Sem querer entrar na área da tradução comentada, nem mencionar em detalhe os erros e acertos daqueles que precederam a mim e Kátia na difícil e deliciosa tarefa de traduzir os contos de Poe para o português, eu gostaria de assinalar determinadas tendências que observei em várias traduções que li e analisei com a finalidade de realizar trabalhos acadêmicos e ministrar aulas de literatura, e em algumas que se encontram atualmente nas livrarias brasileiras e na internet.

Nem todas se baseiam no original. Já tive a surpresa de encontrar, em traduções que afirmam usar como fonte os textos de Poe em inglês, acréscimos, omissões ou desvios provenientes das traduções que Baudelaire fez desses textos para o francês.

À parte isso, as demais podem ser agrupadas segundo três tipos de tendências.

A primeira pode ser denominada "pasteurizadora", porque nem domestica o texto de chegada adaptando-o às nossas estruturas, nem o estrangeiriza, assumindo sua estranheza. Por ser o tipo de tradução que mais facilita a compreensão imediata dos temas, é aquela que, à falta de *corpus* adequado, eu costumava oferecer em cursos livres a um público que não tem acesso à língua inglesa. Mas, quando se tratava de explicar determinados efeitos de linguagem, via-me obrigada a recorrer ao próprio original, a transcrições fonéticas ou a outros recursos que dessem alguma ideia desses fenômenos para quem não tivesse competência alguma na língua inglesa.

A segunda tendência consiste em adaptar o texto (que, de fato, não é de fácil leitura nem sequer para o leitor médio de língua inglesa) ao gosto do leitor comum, aquele que se deixa atrair mais pela fábula do que pelas qualidades estéticas do universo artístico. Trata-se, em resumo, de uma espécie de paráfrase do original que deixa de lado exatamente o que ele tem de distintivo: sua literariedade. Quem crê ler Poe ao ler tais traduções saiba que está lendo tudo menos Poe. Esse é o tipo de tradução que mais o descaracteriza.

Em "Alguns Aspectos do Conto", o grande admirador de Poe que foi Cortázar formula um alerta contra esse tipo de prática ao dizer: "Cuidado com a fácil demagogia de exigir uma literatura acessível a todo mundo". Sua experiência indica que o público jamais deve ser subestimado:

> Eu vi a emoção que entre gente simples provoca uma representação de Hamlet, obra difícil e sutil, se existem tais obras, e que continua sendo tema de estudos eruditos e de infinitas controvérsias. É certo que essa gente não pode compreender muitas coisas que apaixonam os especialistas em teatro isabelino. Mas que importa? Só sua emoção importa, sua maravilha e seu arroubo diante da tragédia do jovem príncipe dinamarquês.[5]

A partir dessa reflexão, uma pergunta: será que um conto de Poe como "O Poço e o Pêndulo", por exemplo, provocaria a sensação de irremediável agonia e claustrofobia sem suas ênfases pleonásticas, oscilações e inversões frásicas, sem sua profusão de adjetivos e advérbios, a preferência pela negação, os períodos longos e entrecortados por exclamações patéticas? Será que sua tradução "facilitadora" seria capaz de gerar a emoção, a maravilha e o arroubo de que fala Cortázar? É certo que não.

A terceira tendência, esta raramente observada, é a de criar um estilo outro, mantendo a trama. Trata-se de traduções assinadas por grandes nomes, em princípio

---

[5] *Valise de Cronópio*, Perspectiva, 1974, p. 161.

preocupadas com a literariedade, mas que, em sua adaptação à nossa língua e cultura, propõem um modelo estético muito diferente do de Poe sem no entanto dialogar com ele no mesmo diapasão multívoco. Infelizmente, sem constituir obras inovadoras como são os quadros de Picasso em relação ao de Manet, sobrepõem sua elocução à do escritor novecentista e, por isso mesmo, "não são ele". Belíssimas infiéis. Não permitem que a análise e a interpretação literária abram, em nossa língua, os sentidos que o original gera e percorre.

O principal problema que percebemos nas traduções ao nosso alcance é que, dentre as honestas e bem feitas, muito poucas estão devidamente contextualizadas na teoria estética claramente formulada por Edgar Poe, ou seja, poucas têm a preocupação de recuperar (sempre, é claro, na medida do possível) a magia verbal que ele foi capaz de criar — entre outras coisas, o barroquismo tortuoso; o ritmo encantatório hipnótico; as interrupções de pensamentos (hipérbatos e anacolutos) que criam suspense; as gradações dispneicas que, não raro, chegam ao clímax; a musicalidade (variações de ritmo, aliterações, assonâncias e consonâncias) que marca subliminarmente as ações e os comportamentos das personagens; as repetições, ênfases e pleonasmos que transmitem forte emoção ou fixam obsessões; e os usos impróprios de palavras (malapropismos) que "piscam o olho" ao leitor com efeito irônico ou musical.

Uma questão específica e polêmica (que já nos causou não poucas dificuldades com revisores e diagramadores) é o uso que Poe faz da pontuação, distante do uso comum na própria língua inglesa da época, mais ainda do nosso português contemporâneo. Mas, escritor cerebrino e consciente que foi, Poe nada fez sem um propósito estético. Disse ele em um de seus artigos críticos:

> Com o fato de que a pontuação é importante, todos concordam; mas quão poucos compreendem a extensão de sua importância! O escritor que negligencia a pontuação, ou pontua aleatoriamente sujeita-se a ser mal compreendido — isso, segundo a ideia popular, é a soma dos males resultantes de descuido ou ignorância. Parece que não se sabe que, mesmo onde o sentido está perfeitamente claro, uma frase pode ser desprovida de metade de sua força — de seu espírito — de seu argumento — pela pontuação inadequada. Pela mera necessidade de uma vírgula, frequentemente ocorre de um axioma parecer um paradoxo, ou um sarcasmo ser convertido em um sermão.[6]

Não seria possível, pois, empreender um projeto como o desta coleção sem respeitar o modo como o próprio escritor encarou essa questão. E respeitá-lo, aqui, acarreta complexas implicações e riscos, principalmente no que diz respeito ao uso abundante do travessão, "visto com suspeita" tanto no século XIX como hoje, mas que constitui uma das marcas estilísticas mais evidentes de Poe.

---

[6] "Marginalia, part XI", *Graham's Magazine*, fevereiro de 1848, p. 130. Tradução nossa. Esse texto foi digitalizado pela Edgar Allan Poe Society of Baltimore e pode ser encontrado no site http://www.eapoe.org/works/misc/mar0248.htm.

A esse respeito, o escritor exprime o que considera exagero e propõe o uso com propósito:

> [...] permitam-me observar que o editor sempre pode determinar quando o travessão do manuscrito é empregado adequada ou inadequadamente, tendo em mente que esse sinal de pontuação representa uma *segunda ideia* — *uma emenda*. [...] O travessão dá ao leitor a escolha entre duas, ou entre três ou mais expressões, uma das quais pode ser mais impositiva que a outra, mas todas auxiliando a ideia. Ele representa, em geral, estas palavras — "ou *para tornar meu significado mais distinto*". Essa força, *ele a tem* — e essa força, nenhum outro argumento pode ter; como todos os argumentos têm usos bem entendidos muito diferentes desse. Portanto, *não se pode* dispensar o travessão.
>
> Ele tem suas fases — sua variação da força descrita; mas o princípio exclusivo — o da segunda ideia ou emenda — será encontrado no fundo de tudo.[7]

A maioria dos tradutores tenta "corrigir" Poe: substituir o estranho travessão por vírgula, dois pontos, ou ponto e vírgula. Em vista do excerto acima aludido, consideramos isso uma traição, assim como para nós é traição, em favor da legibilidade e da fluência, buscar esclarecer o que nele é deliberada ou inconscientemente obscuro, reverter a ordem abstrusa da frase para a ordem normal, evitar a repetição onde ele é maníaco, cortar o período longo e labiríntico que esconde monstros e enigmas.

---

[7] *Ibidem*, p. 130-131.

Poe tem uma forte influência na modernidade ocidental e no modo como posteriormente vieram a escrever, por exemplo, Proust, Faulkner e Joyce. E quem pensaria em normatizar, numa tradução, o modo como Proust, Faulkner e Joyce pontuam seus textos?

Assim sendo, por reconhecer que o efeito criado no leitor era crucial para Poe e que fazer o texto ceder a determinadas normas de nossa língua compromete esse efeito, propomos uma coleção de seus mais conhecidos contos para um português que tenha em conta, não apenas as tramas e a gramática poeanas, mas sobretudo a proposta estética de criação de efeito *na e pela linguagem, no e pelo discurso*. Nossa ideia é trazer, para o leitor brasileiro, uma tradução que, sem ser um decalque, nem tampouco criativa ao ponto da irreverência ou da pretensão arrogante, recupere a elocução do original, ainda que essa elocução faça exigências ao leitor e ainda que obrigue a língua portuguesa a flexibilizar determinadas estruturas e regras de pontuação.

Se o domínio de Poe é assumidamente o do estranho, que sua linguagem soe assim para nós. Mesmo porque ela também soa estranha, em algum grau, para o leitor estadunidense contemporâneo.

CARACTERÍSTICAS DESTA TRADUÇÃO

Diante de tudo o que já lemos de e a respeito de Poe, nossa proposta para esta coleção é tentar conciliar (sempre quanto possível) a subjetividade do ato crítico, nosso conhecimento da arte retórica e a objetividade da técnica tradutória; privilegiar os jogos com os significantes e fugir a uma visão "conteudista" da obra, mas respeitar sua referencialidade oitocentista e o fato de que seu discurso se contextualiza em um mundo já significado — o fato de que o próprio autor dialoga com influências por ele reconhecidas ou não e de que seu dizer inovador emerge de um conjunto de usos e tradições comunitárias.

Em resumo, nossa postura consiste em:

– sujeitar o quanto possível nossas escolhas tradutórias às escolhas estilísticas do autor, preservando o que é estrangeiro com a flexibilidade necessária para que a leitura não se torne demasiado árdua;[8] deixar que se faça ouvir (sempre com a ressalva: quanto possível) sua voz de esteta consciente e racional, considerando que essa voz nos alcança do século XIX e deve soar como algo que vem do século XIX, sem fazer concessões fáceis ao leitor deste século, nem tampouco o subestimar na hipótese de que seja leigo;

– possibilitar que o autor fale para além da racionalidade que apregoa: daquele lugar onde os sentidos acontecem à revelia da consciência;

---

[8] Por exemplo: quando Poe usa vocábulos latinos, damos preferência aos de mesma raiz etimológica, a não ser quando são passíveis de ambiguidade, constituem falsos cognatos (palavras que têm ortografias semelhantes nos dois idiomas mas apresentam significados diferentes em cada um por causa do modo como cada um evoluiu), ou quando a sonoridade é mais importante que o sentido. Sabemos que essa preferência tem efeitos diferentes no original e na tradução, mas nosso intuito é preservar as marcas da escritura e possibilitar interpretações baseadas na etimologia.

– "musicalizar" o que nossa sensibilidade e técnica hermenêutica conseguem apreender, ou seja, transpor o que nosso repertório e instrumentos tradutórios nos possibilitam transpor; acompanhar, quanto possível, seu ritmo repleto de significações;

– enfim, assumir as perdas irremediáveis e buscar compensar do melhor modo aquilo a que nossa gramática e léxico não alcançam corresponder;

– mas, antes de tudo, como dissemos acima, ler Poe dentro de sua proposta estética; procurar nortear-nos por aquilo que ele, na qualidade de poeta, contista, ensaísta e crítico, deixou-nos como legado teórico e literário — inclusive metalinguístico.

Se conseguimos alcançar esses objetivos, acreditem, foi à custa de muito trabalho, muita pesquisa e um enorme esforço de submissão para que permanecessem no texto, prevalecendo sobre a clareza e a fluência, e, repito, *até mesmo sobre as normas e o uso do nosso português*, palavras de mesma raiz, muitos dos advérbios com sufixo "mente", inversões frásicas em toda a sua estranheza, hipérbatos e anacolutos, a pontuação abstrusa e idiossincrática, o uso narcísico dos pronomes "eu", "meu", "minha" e toda a sorte de bizarrices que fazem a unicidade de Poe no universo literário.

Se não o conseguimos, deixamos um convite ao leitor: que complemente esta nossa tradução comparando-a com outras, portadoras de outro repertório; que busque a prosa elegante e plurívoca de Poe nessa conversa sem tempo nem espaço a que se dá o sonoro nome de intertextualidade; e que, nessa comparação, faça-se mais crítico a fim de encontrar a grande Arte do contista demiurgo entre as dicções plurais de seus vários hermeneutas.

CONTOS DE RACIOCÍNIO E INVESTIGAÇÃO

O HOMEM DA MULTIDÃO

Ce grand malheur, de ne pouvoir être seul. — LA BRUYÈRE.[1]

Falou-se, com muito acerto, acerca de certo livro alemão, que "*er lasst sich nicht lesen*" — ele não se deixa ler. Há alguns segredos que não se deixam ser contados. Homens morrem todas as noites em seus leitos, apertando as mãos de confessores fantasmagóricos e olhando-os desconsolados nos olhos — morrem com desespero no coração e convulsão na garganta por causa de mistérios atrozes que não *se permitem* ser revelados. Às vezes, infelizmente, a consciência humana assume um fardo de horror tão pesado que só pode ser despejado dentro do túmulo. E assim a essência de todo crime não é revelada.

---

[1] Essa grande infelicidade, de não se poder estar só.

Há não muito tempo, em um fim de tarde outonal, estava eu sentado a uma grande janela em arco na cafeteria D——, em Londres. Havia estado doente por alguns meses, mas já vinha convalescendo e, com a renovação das forças, encontrava-me num daqueles estados de espírito alegres que são precisamente o oposto do *ennui* — um daqueles estados da mais aguda apetência, quando a película que oblitera a visão mental se desfaz — ο αχλύς ἡ πριν επήεν² — e o intelecto, eletrizado, ultrapassa sua condição cotidiana com a mesma amplitude que a razão vívida mas sincera de Leibnitz ultrapassa a retórica frenética e inconsistente de Górgias. Respirar em si já era um deleite; e eu extraía um prazer incontestável até mesmo de muitas fontes legítimas da dor. Tinha um interesse calmo mas curioso em todas as coisas. Com um charuto na boca e um jornal no colo, vinha me divertindo quase a tarde toda, ora examinando os anúncios, ora observando a companhia promíscua do salão, ora contemplando a rua através das vidraças esfumaçadas.

A rua em questão é uma das principais da cidade e tinha estado movimentada o dia todo. Mas, quando escureceu, a multidão logo aumentou; e, quando as luzes estavam bem acesas, duas ondas densas e contínuas da população passaram apressadas diante da porta. Nesse período específico da noite, eu jamais havia estado em

---

² "A neblina que antes estava sobre eles [os olhos]". Poe se refere aqui à *Ilíada* (5.127), quando Palas Atena encoraja Diomedes a entrar na batalha, dizendo-lhe: "Eu tirei de seus olhos a neblina que antes estava sobre eles / Para que você possa discernir entre os deuses e os homens."

situação semelhante, e assim o oceano tumultuoso de cabeças humanas encheu-me com a deliciosa emoção de uma novidade. Acabei deixando de prestar atenção a todas as coisas que ocorriam dentro do hotel e mergulhei na contemplação da cena exterior.

De início, minhas observações assumiram um caráter abstrato e generalizante. Olhei para a massa de transeuntes e pensei neles considerando suas relações agregadas. Logo, porém, desci aos detalhes e reparei com minucioso interesse nas inúmeras variedades de corpos, roupas, aspectos, modos de andar, rostos e expressões fisionômicas.

Entre aqueles que passavam, era consideravelmente maior o número dos que tinham um comportamento seguro, ocupado, dando a impressão de estar pensando apenas em abrir caminho na aglomeração. As sobrancelhas estavam cerradas e os olhos se mexiam com rapidez; quando eram empurrados contra os outros por transeuntes iguais a eles, não davam sinais de impaciência, mas alisavam as roupas e continuavam apressados. Outros, ainda numerosos, faziam movimentos irrequietos, tinham as faces afogueadas e conversavam e gesticulavam sozinhos, como se sentissem solidão por conta da própria densidade da companhia ao seu redor. Quando seu avanço era bloqueado, esses indivíduos de repente paravam de murmurar; mas redobravam a gesticulação e esperavam, com um sorriso ausente e exagerado nos lábios, o fluxo daqueles que os obstruíam. Se empurrados, saudavam profusamente os que os empurravam, e pareciam oprimidos pela confusão. — Nessas duas grandes classes de pessoas, nada havia de muito distintivo além do que mencionei. Suas vestimentas pertenciam àquele tipo que é denominado com exatidão como como decente. Eram sem dúvida nobres, comerciantes, advogados, negociantes, operadores da bolsa — os eupátridas e os lugares comuns da sociedade — homens que não precisavam trabalhar para viver e homens ativamente engajados em seus próprios assuntos — gerindo negócios sob sua própria responsabilidade. Eles não chamavam muito minha atenção.

A tribo dos escrivães era óbvia; e aqui eu discernia duas divisões notáveis. Havia os mais novos, das firmas do momento — jovens cavalheiros com paletós apertados, botas brilhantes, cabelos besuntados e lábios arrogantes. Excetuando um certo garbo na postura, que poderia ser chamado de *escrivanismo* à falta de melhor palavra, as maneiras dessas pessoas poderiam ser um fac-símile exato daquilo que teria sido a perfeição do *bon ton* uns doze ou dezoito meses atrás. Elas usavam os refinamentos rejeitados pela elite; — e isso, acredito, constitui a melhor definição dessa classe.

A divisão dos escrivães da categoria mais alta das grandes firmas, ou dos "velhos de sempre," era inconfundível. Esses eram identificados por seus paletós e calças pretas ou marrons, feitas para que pudessem sentar-se com conforto, gravatas e coletes brancos, sapatos largos e sólidos, e meias ou polainas grossas. Todos tinham a cabeça ligeiramente calva, onde a orelha direita, há muito tempo usada para apoiar a caneta, tinha o estranho hábito de se abrir na ponta. Notei que eles sempre tiravam ou ajustavam o chapéu com as duas mãos e que usavam relógios com curtas correntes de ouro de um modelo antigo e sólido. Tinham a afetação da respeitabilidade — se é que, na verdade, pode haver uma afetação tão honrada.

Havia muitos indivíduos de aparência vistosa que, logo compreendi, pertenciam à raça dos batedores de carteira janotas que infestam todas as grandes cidades. Fiquei estudando esse grupo com muita atenção e entendo ser difícil imaginar como é que eles podem ser confundidos com cavalheiros por aqueles que são de fato cavalheiros. O volume das pulseiras de seus relógios e seu ar de excessiva franqueza deveriam denunciá-los de imediato.

Os jogadores, que avistei em quantidade considerável, eram ainda mais facilmente identificáveis. Usavam todo tipo de vestimentas, desde a do desesperado prestidigitador insistente de colete de veludo, echarpe elegante, correntes douradas e botões de filigrana, até a do clérigo escrupulosamente desprovido de adornos — nada menos passível de suspeita. Ainda assim, todos se distinguiam por algo de escuro e pegajoso na pele, uma opacidade espessa nos olhos e uma compressão pálida nos lábios. Havia dois outros traços, além do mais, pelos quais sempre conseguia detectá-los: um tom de voz baixo e contido ao conversarem e uma extensão incomum do polegar ao formar o ângulo reto com os outros dedos. Com muita frequência observei, na companhia desses escroques, um tipo de homens de hábitos um tanto diferentes, mas ainda da mesma espécie. Podem ser definidos como os cavalheiros que ganham dinheiro por meio da esperteza. Parece que atacam as pessoas em dois batalhões — o dos dândis e o dos militares. Do primeiro grupo, as características principais são os longos cachos e os sorrisos; do segundo, os casacos engalanados e os cenhos franzidos.

Descendo na escala daquilo que se denomina "civilidade", encontrei temas mais sombrios e mais profundos para especulação. Vi mascates judeus, com olhos de águia faiscando em rostos nos quais todos os outros traços tinham apenas uma expressão de abjeta humildade; robustos pedintes de rua profissionais fuzilando com o olhar mendicantes de melhor estampa, a quem o puro desespero havia impulsionado para dentro da noite em busca de caridade; inválidos débeis e fantasmáticos, sobre os quais a morte havia imposto sua mão indefectível, e que se esgueiravam e passavam trôpegos por entre a multidão, olhando de modo suplicante no rosto de cada um, como se em busca de algum consolo ocasional, alguma esperança perdida; jovens modestas voltando de um trabalho braçal longo e tardio para um lar sem alegria e se encolhendo mais nas lágrimas que na indignação ao olhar dos rufiões, cujo contato, direto até, não podia ser evitado; prostitutas de todos os tipos e idades — a inequívoca beleza no auge da feminilidade fazendo lembrar a estátua de Luciano, com a superfície em mármore de Paros e o interior repleto de imundície — a odiosa e irremediavelmente perdida leprosa em farrapos — a velha bruxa enrugada, cheia de joias e com a maquiagem borrada, fazendo um último esforço para parecer jovem — a simples criança com formas imaturas, e no entanto, graças a uma longa convivência, já adepta dos coquetismos medonhos da profissão e ardendo com uma ambição fanática de ser igualada às veteranas no vício;

bêbados inumeráveis e indescritíveis — alguns em farrapos e retalhos, trôpegos, inarticulados, com o rosto ferido e os olhos baços — alguns em trajes completos embora sujos, com um andar arrogante levemente instável, lábios grossos sensuais e rostos rubicundos e cordiais — outros vestidos com tecidos que já haviam sido de boa qualidade e que mesmo agora estavam escovados com capricho — homens que caminhavam com um passo artificialmente firme e ágil, mas com rostos assustadoramente pálidos e olhos horrivelmente delirantes e vermelhos; e que agarravam com dedos trêmulos, ao passar pela multidão, cada objeto que lhes caísse nas mãos; ao lado deles, pasteleiros, carregadores, carvoeiros, limpadores de chaminés, tocadores de realejo, adestradores de macacos, vendedores de canções — negociantes e cantores; artesãos esfarrapados e operários exaustos de todas as espécies, e todos repletos de uma vivacidade excepcional e barulhenta que afligia o ouvido com dissonância e incomodava os olhos com uma sensação dolorosa.

À medida que a noite se adensava, também se adensava em mim o interesse na cena; pois não apenas o caráter geral da multidão ia se alterando substancialmente (suas particularidades mais suaves iam se dissipando com o escoamento gradual das pessoas mais metódicas e as mais brutais sobressaindo com um relevo mais ousado conforme a hora avançada ia desentranhando todo tipo de infâmia de dentro do seu covil), mas os raios das lâmpadas de gás, fracos de início em sua luta contra o dia agonizante, haviam afinal obtido ascendência e lançado sobre todas as coisas um brilho intermitente e penetrante.

Tudo estava escuro e, no entanto, esplêndido — como aquele ébano a que foi comparado o estilo de Tertuliano.

Os efeitos delirantes da luz impeliram-me a um exame individual dos rostos; e, embora o mundo da luz esvoaçasse com rapidez diante da janela, impedindo-me de lançar mais do que um relance a cada rosto, ainda assim pareceu-me que, no estado mental peculiar em que me encontrava, eu muitas vezes conseguia ler, mesmo naquele breve intervalo de um relance, a história de longos anos.

Com a fronte junto ao vidro, ocupava-me então de inspecionar a multidão, quando de repente deparei com uma fisionomia (a de um velho decrépito de uns sessenta e cinco ou setenta anos de idade) — uma fisionomia que de imediato atraiu e absorveu toda a minha atenção, por causa da absoluta peculiaridade de sua expressão. Nada nem sequer remotamente análogo àquela expressão eu jamais havia visto. Lembro-me bem de que meu primeiro pensamento, ao avistá-la, foi de que Retzch, caso a visse, por certo lhe teria dado preferência em detrimento de suas próprias encarnações pictóricas do demônio.[3] Como eu me esforçasse, durante o breve instante de minha inspeção original, para analisar de algum modo o significado que ela transmitia, surgiram-me na mente, de modo confuso e paradoxal, as ideias de vasta capacidade mental, de cautela, de penúria, de avareza, de frieza, de maldade, de sede de sangue, de triunfo, de alegria, de excessivo

---

[3] Poe aqui faz alusão a Friedrich August Moritz Retzsch (embora a grafia do nome apresente essa alteração em todas as edições que consultamos) e às ilustrações que fez para o Mefistófeles do *Fausto* de Goethe.

terror, de intenso — de supremo desespero. Senti-me extraordinariamente entusiasmado, estimulado, fascinado. "Que história apaixonante," disse a mim mesmo, "deve estar inscrita dentro daquele peito!" Então me veio um desejo intenso de manter o homem no meu campo de visão — de saber mais a seu respeito. Colocando às pressas um sobretudo e agarrando chapéu e bengala, saí à rua e atravessei a multidão na direção que o vira tomar; pois ele já havia desaparecido. Com um pouquinho de dificuldade, finalmente, tornei a vê-lo, aproximei-me dele e segui-o de perto, mas com cuidado, de modo a não atrair sua atenção.

Eu tinha agora uma boa oportunidade de examinar sua compleição. A estatura era baixa, era muito magro e, aparentemente, muito frágil. As roupas, de modo geral, eram imundas e maltrapilhas; mas quando ele se aproximava, vez por outra, do clarão forte de uma lâmpada, eu percebia que sua camisa, embora suja, tinha uma linda textura; e, ou meus olhos me enganaram, ou, por um buraco na *roquelaire*[4] bem abotoada e evidentemente de segunda mão que o envolvia, entrevi um diamante e uma adaga. Essas constatações exacerbaram minha curiosidade e resolvi seguir o estranho para onde quer que ele fosse.

Já era então noite cerrada, e uma névoa espessa e úmida pairava sobre a cidade, culminando logo em uma chuva firme e forte. Essa mudança de clima teve um efeito

---

[4] *Roquelaire* ou *roquelaure* é uma espécie de capa com capuz usada por homens, forrada, com comprimento até o joelho, muito usada nos séculos XVIII e XIX.

estranho na multidão, que toda ela foi logo submetida a nova comoção e oculta por um mundo de guarda-chuvas. A ondulação, a aglomeração e o zumbido aumentaram dez vezes mais. De minha parte, não prestei muita atenção na chuva — já que uma antiga febre ainda assombrando meu organismo tornava a umidade, por assim dizer, muito perigosamente agradável. Amarrando um lenço sobre a boca, continuei andando. Por meia hora, o velho seguiu com dificuldade pela grande rua; quanto a mim, caminhei junto ao seu cotovelo com medo de perdê-lo de vista. Sem voltar a cabeça uma só vez para olhar para trás, ele não me percebeu. Logo entrou em uma transversal que, embora com densa aglomeração, ainda assim não estava tão apinhada como a rua principal que ele havia deixado. Aí, uma alteração em sua conduta tornou-se evidente. Ele passou a caminhar mais devagar e com menos determinação do que antes — de um modo mais hesitante. Atravessou e tornou a atravessar a rua várias vezes, sem objetivo aparente; e a aglomeração ainda era tamanha que, a cada movimento como esse, eu era obrigado a segui-lo de perto. A rua era estreita e longa, e seu percurso dentro dela durou quase uma hora, durante a qual os transeuntes haviam gradualmente diminuído até chegar àquela quantidade que em geral se vê ao meio-dia na Broadway perto do parque — tamanha é a diferença entre o populacho londrino e o da cidade mais frequentada dos Estados Unidos. Uma segunda volta nos levou até uma praça bem iluminada e transbordante de vida. As velhas maneiras do estranho retornaram. O queixo inclinou-se sobre o peito, enquanto os olhos giravam loucamente sob as sobrancelhas franzidas, em todas as direções, pousando naqueles que o cercavam. Ele seguiu seu caminho apressado, num passo firme e perseverante. Fiquei surpreso, porém, ao perceber que, após ter circundado a praça, virou-se e refez seus passos. Fiquei ainda mais atônito ao vê-lo repetir o mesmo caminho várias vezes — uma delas quase me detectando ao voltar-se com um movimento repentino.

 Nesse exercício, ele gastou mais uma hora, ao fim da qual tivemos muito menos interrupção dos outros transeuntes do que a princípio. A chuva caía com força; o ar ficava mais frio; e as pessoas estavam voltando para casa. Com um gesto de impaciência, o andarilho entrou em uma rua lateral relativamente deserta. Desceu por ela, por uns quatrocentos metros, correndo com uma agilidade que jamais pensei em ver em alguém tão idoso, e que custei muito a acompanhar. Em poucos minutos, chegamos a um mercado grande e movimentado, com cuja vizinhança o estranho parecia estar bem familiarizado, e onde seu comportamento original tornou-se visível novamente, enquanto ele abria caminho de um lado e do outro, sem destino, entre a turba de compradores e vendedores.

 Durante a hora e meia, aproximadamente, que passamos naquele lugar, foi preciso que eu tivesse muito cuidado para mantê-lo ao meu alcance sem atrair sua atenção. Por sorte, estava usando galochas e conseguia me movimentar em perfeito silêncio. Em momento algum ele percebeu que eu o observava. Entrou em uma loja atrás da outra, não comprou nada, não falou nada e olhou para todos os objetos com um olhar vazio e delirante. Eu agora estava absolutamente atônito com seu comportamento e tomei a firme resolução de não nos separarmos até eu satisfazer até certo ponto minha curiosidade a seu respeito.

Um relógio bateu alto as onze horas e as pessoas rapidamente começaram a sair do mercado. Um vendedor, ao fechar as portas, empurrou o velho e, no mesmo instante, percebi um forte tremor percorrer-lhe o corpo. Ele correu para a rua, olhou ansioso ao seu redor por um instante e depois disparou em incrível velocidade por muitas vielas tortas e despovoadas, até emergirmos, uma vez mais, na grande rua de onde havíamos saído — a rua do Hotel D——. Ela já não tinha, porém, o mesmo aspecto. Ainda brilhava com as lâmpadas de gás; mas a chuva caía torrencialmente e se viam poucas pessoas. O estranho ficou pálido. Deu, soturno, alguns passos na avenida antes repleta de gente e depois, com um pesado suspiro, virou-se na direção do rio e, mergulhando em uma grande variedade de desvios, saiu enfim diante de um dos teatros principais. Ele estava sendo fechado e o público saía pelas portas aos borbotões. Vi o velho arquejar como se buscasse alento, enquanto se lançava em meio à massa; mas pensei que a intensa agonia de seu rosto havia, em alguma medida, amenizado. A cabeça caíra outra vez no peito; ele parecia como eu o vira de início. Observei que agora tomava o caminho percorrido pelo maior número das pessoas — mas, de modo geral, não conseguia compreender a incongruência de suas ações.

À medida que ele prosseguia, o grupo se tornava mais disperso, e sua antiga apreensão e vacilação retornavam.

Por algum tempo, ele seguiu de perto uns dez ou doze festeiros; mas, destes, um por um foi desistindo, até que apenas três permaneceram juntos em uma viela estreita e sombria, pouco frequentada. O estranho fez uma pausa e, por um momento, pareceu perdido em pensamentos; depois, com todos os sinais de agitação, seguiu rapidamente por um caminho que nos levou ao limite da cidade, em meio a regiões muito diferentes das que havíamos até então atravessado. Era o bairro mais fétido de Londres, onde tudo dava a pior impressão da mais deplorável pobreza e do crime mais desesperado. À luz opaca de uma lâmpada acidental, viam-se altos barracões de madeira antigos e roídos pelos vermes oscilando e ameaçando cair, espalhados em tantas e tão caprichosas direções que mal se discernia entre eles sequer o vislumbre de uma passagem. As pedras do calçamento se dispunham aleatoriamente, deslocadas de sua base pelo capim que ali prolifera. Uma imundície horrível supurava nas sarjetas entupidas. Toda a atmosfera recendia a desolação. E, no entanto, à medida que prosseguíamos, aos poucos se reavivaram os sons da vida humana, e finalmente se viram grandes grupos da mais abandonada populaça de Londres circulando aqui e ali.

A disposição do velho mais uma vez reacendeu-se, como a luz de uma lâmpada prestes a se apagar. Mais uma vez ele avançou com passos ágeis. De repente, viramos uma esquina, um clarão rompeu ao nosso olhar e nos vimos diante de um dos imensos templos suburbanos da Intemperança — um dos palácios do demônio: o Gim.

Agora o alvorecer estava próximo; mas muitos dos infelizes embriagados ainda se espremiam dentro e fora da porta vistosa. Com um guincho abafado de alegria, o velho forçou a entrada, retomou de imediato sua postura original e ziguezagueou, sem objetivo aparente, em meio ao tropel. Mas não havia passado muito tempo nessa ocupação quando uma corrida para as portas indicou que o dono do estabelecimento as estava fechando. Foi algo ainda mais intenso que desespero o que então detectei no rosto daquele ser singular que vinha observando com tanta pertinácia. Contudo, ele não hesitou em sua trajetória e, com uma energia alucinada, de imediato refez seus passos até o coração da poderosa Londres. Por muito tempo e com muita rapidez ele correu, enquanto eu o seguia com o mais alucinado espanto, decidido a não abandonar um escrutínio no qual agora sentia um interesse que me absorvia por inteiro. O sol nasceu enquanto prosseguíamos e, quando alcançamos uma vez mais aquele centro comercial tão apinhado da populosa cidade, a rua do Hotel D—, ele apresentava um aspecto de agitação e de atividade humana pouco inferior ao que eu vira na tarde anterior. E ali, por muito tempo, entre a confusão que aumentava a cada instante, insisti em seguir o desconhecido. Mas, como de costume, ele andou de um lado para outro e, durante o dia, não abandonou a agitação daquela rua. Então, como as sombras da segunda noite se aproximassem e eu começasse a morrer de cansaço, postei-me em cheio diante do andarilho e olhei para o seu rosto com firmeza. Ele não me notou, mas retomou seu caminhar solene enquanto eu, deixando de segui-lo, permaneci absorto em contemplação. "Esse velho," pensei por fim, "é o protótipo e o gênio do crime insondável. Ele se recusa a estar só. *É o homem da multidão*. É inútil segui-lo, pois nada mais aprenderei com ele, nem com suas ações. O pior coração do mundo é um livro mais grosso do que o *Hortulus Animae*,[5] e talvez uma das maiores bênçãos divinas seja o fato de que '*er lasst sich nicht lesen*'."

---

[5] Referência a "*Hortulus Animae cum Oratiunculis Aliquibus Superadditis quæ in prioribus Libris non habentur*" ("O jardim da alma, aumentado de algumas pequenas meditações que não figuram nos livros precedentes"), de Wilhelm Schaffener de Rappolstsweiler, datada de 1498. Trata-se de um livro repleto de ilustrações que faz um paralelo entre a jardinagem, as ervas curativas e a meditação e que conheceu inúmeras reedições e traduções durante a própria Idade Média. [N.E.O.]

OS ASSASSINATOS NA RUA MORGUE

A canção que as Sereias cantaram ou o nome que Aquiles adotou quando se escondeu entre as mulheres, embora constituam enigmas, não estão além de *toda* conjectura.

Sir Thomas Browne

Os predicados mentais considerados como analíticos são, em si mesmos, pouco suscetíveis de análise. Nós os avaliamos apenas em seus efeitos. Deles sabemos, entre outras coisas, que sempre constituem, para quem os possui, quando os possui em nível excepcional, fonte do mais vivo prazer. Assim como o homem forte exulta em sua capacidade física, deleitando-se com os exercícios que exigem de seus músculos, também o analista se regozija na atividade moral de *desvendar* uma questão. Ele obtém prazer até mesmo com as ocupações mais triviais que põem em jogo o seu talento. Aprecia enigmas, charadas, hieróglifos, e demonstra, na solução que apresenta a cada um destes, um grau de *acuidade* que parece ser sobrenatural à compreensão mediana. Seus resultados, produzidos pelo próprio espírito e essência do método, têm, na verdade, toda a aparência de intuição.

A capacidade de resolução pode até ser muito estimulada pelo estudo da matemática, em especial por aquele seu ramo mais elevado que vem sendo injustamente denominado de análise como se *par excellence* e meramente em função de suas operações retrógradas. No entanto, calcular não é, em si, analisar. Um jogador de xadrez, por exemplo, faz uma dessas coisas sem se esforçar com a outra. Daí decorre que o jogo de xadrez seja muito mal compreendido no efeito que produz sobre os predicados mentais. Não estou agora escrevendo um tratado, mas apenas prefaciando uma narrativa um tanto peculiar, com observações bem aleatórias; aproveito, assim, para afirmar que as forças mais elevadas do intelecto reflexivo são desafiadas de modo mais decisivo e mais útil pelo despretensioso jogo de damas do que por toda a frivolidade elaborada do xadrez. Neste último, cujas peças fazem movimentos diferentes e *bizarros*, com valores diversos e variados, confunde-se (erro esse bem comum) aquilo que é apenas complexo com o que é profundo. A *atenção* é altamente exigida no xadrez. Se ela vacila por um instante, comete-se um descuido que resulta em desvantagem ou derrota. Como os movimentos possíveis são inúmeros e também tortuosos, as chances de que tais descuidos ocorram se multiplicam; e, em nove a cada dez casos, é o jogador mais concentrado e não o mais arguto que vence. No jogo de damas, ao contrário, em que os movimentos são *singulares* e variam pouco, em que as probabilidades de inadvertência são menores e em que, comparativamente, a mera atenção não fica toda absorvida, as vantagens que cada parte obtém são aquelas que a *acuidade* superior obtém. Para ser menos abstrato: suponhamos um jogo de damas em que as peças sejam reduzidas a quatro damas e no qual, obviamente, não se espere descuido algum. É evidente que a vitória aqui só pode ser decidida (com jogadores exatamente do mesmo nível) por algum movimento *recherché*,[1] resultante de um forte empenho do intelecto. Destituído dos recursos habituais, o analista lança-se no espírito do oponente, identifica-se com ele e com frequência assim percebe, em um vislumbre, os únicos métodos (às vezes, de fato, absurdamente simples) por meio dos quais possa induzi-lo ao erro ou levá-lo a calcular mal.

O uíste[2] é conhecido há muito tempo por sua influência naquilo que se entende como a potência do cálculo; e sabe-se que homens com o mais alto grau de inteligência encontram nele um deleite aparentemente inexplicável, enquanto rejeitam o xadrez por considerá-lo frívolo. Sem dúvida alguma, nada há de parecido que desafie tanto a capacidade de análise. O melhor jogador de xadrez de toda a cristandade *talvez possa* ser um pouco mais do que o melhor jogador de xadrez; mas a perícia no uíste implica capacidade de sucesso em todas as atividades mais importantes nas quais um cérebro luta com outro cérebro. Quando digo perícia, quero dizer perfeição no jogo, que inclui a compreensão de *todas* as fontes das quais se possa derivar uma vantagem legítima. Estas não são apenas inumeráveis, mas multiformes, e com frequência

---

[1] Rebuscado.

[2] No original, *Whist*, jogo considerado como antecessor do bridge e semelhante a copas, é geralmente jogado por duas duplas. Vence aquela que fizer o maior número de vazas.

se encontram em recessos do pensamento que são inteiramente inacessíveis ao entendimento comum. Observar com atenção é lembrar com nitidez; e, nesse aspecto, o jogador de xadrez concentrado se sai muito bem no uíste; já as regras do Hoyle[3] (elas mesmas fundamentadas no mero mecanismo do jogo) são geral e suficientemente compreensíveis. Assim, ter uma memória que retém informações e proceder segundo as regras são fatores comumente considerados como suficientes para se jogar bem. Mas é nas questões que ultrapassam os limites da mera regra que a habilidade do analista se manifesta. Ele faz, em silêncio, uma infinidade de observações e inferências. Talvez seus companheiros façam o mesmo; e a diferença na amplitude das informações obtidas reside não tanto na validade da inferência, mas na qualidade da observação. O conhecimento necessário consiste no *quê* observar. Nosso jogador não se limita de modo algum; nem, dado que o jogo é seu objeto, rejeita deduções a partir de elementos externos ao jogo. Ele examina a fisionomia do parceiro, comparando-a cuidadosamente com a de cada um de seus oponentes. Considera o modo como as cartas são distribuídas em cada mão; conta, com frequência, naipe por naipe e carta por carta nos olhares que os jogadores lançam uns aos outros. Nota cada variação nos semblantes conforme o jogo avança, acumulando um cabedal de pensamentos a partir das diferenças nas

---

[3] Poe se refere aqui ao famoso manual distribuído por Edmond Hoyle a seus alunos de uíste, com as regras do jogo, e publicado em ampla escala em edição pirata na Inglaterra, com muito sucesso.

expressões de certeza, surpresa, triunfo ou desgosto. A partir do modo como se recolhe uma vaza, ele julga se a pessoa que a recebe poderá fazer outra na sequência. Identifica quando se está blefando pelo modo como se joga a carta na mesa. Uma palavra casual ou descuidada; a carta que acidentalmente cai ou que se vira, a consequente ansiedade ou o descuido em ocultá-la; a contagem das vazas, com a ordem do seu arranjo; o constrangimento, a hesitação, a avidez ou a agitação — tudo isso fornece, à sua percepção aparentemente intuitiva, indicações do verdadeiro estado das coisas. Depois que as primeiras duas ou três rodadas são jogadas, ele sabe exatamente o conteúdo de cada mão e daí em diante baixa suas cartas com uma precisão de propósito tão absoluta que é como se as outras pessoas tivessem mostrado as cartas para ele.

O poder de análise não deve ser confundido com a mera engenhosidade; pois, embora o analista seja necessariamente engenhoso, o homem engenhoso é, com frequência, muito incapaz de fazer análises. A capacidade de construção ou de combinação pela qual a engenhosidade geralmente se manifesta e à qual os frenologistas atribuíram (creio que erroneamente) um órgão distinto, por suporem que ela seja uma faculdade primitiva, tem sido observada com tanta frequência naqueles cujo intelecto em outros aspectos beira a idiotia, que acabou atraindo a atenção dos escritores para a moral. Entre a engenhosidade e a capacidade de análise há uma diferença muito maior, na verdade, do que entre a fantasia e a imaginação, mas uma diferença de caráter estritamente análogo. Verificamos, de fato, que os engenhosos são sempre fantasiosos e os *verdadeiramente* imaginativos nada mais são que analíticos.

A narrativa a seguir se apresentará de algum modo ao leitor como um comentário a respeito das teses que acabam de ser aventadas.

Residindo em Paris durante a primavera e parte do verão de 18—, lá fiz amizade com certo Monsieur C. Auguste Dupin. Esse jovem cavalheiro provinha de uma família excelente, na verdade ilustre, mas que, por causa de uma série de acontecimentos desfavoráveis, fora reduzida a tamanha pobreza que a energia de seu caráter sucumbira a ela, e ele deixara de circular no mundo ou de preocupar-se em recuperar sua fortuna. Por cortesia de seus credores, ainda mantinha a posse de uma pequena parcela de seu patrimônio; e, com a renda que daí lhe advinha, conseguia, mediante rigorosa economia, obter o bastante para viver sem se preocupar com supérfluos. Os livros, na verdade, eram seu único luxo, e em Paris eles se obtêm com facilidade.

Nosso primeiro encontro ocorreu em uma obscura biblioteca na Rua Montmartre, onde a casualidade de estarmos ambos buscando o mesmo raríssimo e notabilíssimo volume levou-nos a uma amizade mais próxima. Passamos a ver-nos com frequência cada vez maior. Eu estava profundamente interessado na historieta de família que ele me contava em detalhes com toda aquela franqueza a que os franceses se entregam quando falam de si mesmos. Também fiquei maravilhado com a vasta extensão de suas leituras; e, acima de tudo, senti que meu espírito era estimulado pelo fervor ardente e pelo frescor vívido de sua imaginação. Buscando em Paris os objetivos que então buscava, percebi que o convívio com um homem como aquele seria para mim um tesouro inestimável; e confiei a ele, com franqueza, essa minha sensação. Por fim, ficou combinado que moraríamos juntos durante minha estadia na cidade; e, como minhas condições materiais eram de certo modo menos complicadas que as dele, fiquei encarregado de alugar e decorar, em um estilo adequado à melancolia um tanto fantástica de nosso temperamento comum, uma mansão grotesca e corroída pelo tempo, e que há muito tempo fora abandonada por causa de superstições que não investigamos, e que mal se mantinha em pé, em um canto afastado e desolado do Faubourg St. Germain.

Tivesse o mundo tomado conhecimento da rotina de nossa vida, teríamos sido considerados loucos — embora, talvez, loucos mansos. Nossa reclusão era perfeita. Não admitíamos visitantes. De fato, a localização de nosso retiro havia sido cuidadosamente mantida em segredo dos meus antigos conhecidos; e Dupin já deixara há muitos anos de conhecer pessoas e de ser conhecido em Paris. Vivíamos apenas para nós mesmos.

Era um capricho excêntrico de meu amigo (pois de que outro modo devo chamar isso?) ser apaixonado pela noite em si; e a essa *bizarrerie* como a todas as suas outras, aquiesci tranquilamente; entreguei-me a seus caprichos impetuosos com perfeito *abandono*. A divindade sombria não podia estar sempre conosco; mas podíamos fingir sua presença. À primeira luz da manhã, fechávamos todas as pesadas persianas de nossa velha casa e acendíamos algumas velas que, muito perfumadas, lançavam apenas os raios de luz mais fracos e mais espectrais. Com o auxílio delas, ocupávamos então nosso espírito com sonhos — lendo, escrevendo ou conversando, até que o relógio nos alertasse sobre o advento da verdadeira Escuridão. Então saíamos à rua, de braços dados, continuando a conversar sobre os assuntos do dia, ou perambulando por toda parte até altas horas, buscando, entre as luzes fantásticas e as sombras da cidade populosa, aquela infinidade de estímulos mentais a que a observação tranquila pode se permitir.

Nesses momentos, eu não podia deixar de observar e de admirar uma capacidade analítica peculiar em Dupin (embora, com base em sua fértil idealidade, já estivesse preparado para encontrá-la). Ele também parecia obter uma ávida satisfação em exercê-la — se não exatamente em demonstrá-la — e não hesitava em confessar o prazer que obtinha com isso. Vangloriava-se para mim, com uma risadinha baixa e zombeteira, de que a maioria dos homens, a seu ver, levava uma janela aberta no peito, e costumava acompanhar suas declarações com provas diretas e muito desconcertantes do conhecimento íntimo que tinha das minhas. Sua atitude, nessas horas, era fria e abstrata; os olhos tinham uma expressão vazia; enquanto a voz, geralmente a de um sonoro tenor, atingia um timbre agudo que podia soar como petulante se não fosse o tom decidido e a perfeita distinção da enunciação. Observando esse seu ânimo, eu acabava sempre ponderando e meditando na velha filosofia da Alma Bipartida, e me divertia em imaginar um duplo Dupin — o criativo e o solucionador.

Não se suponha, a partir do que acabo de dizer, que eu esteja detalhando algum mistério ou esboçando alguma novela. O que descrevi a respeito desse francês foi apenas o resultado de uma inteligência exaltada, ou talvez doentia. Mas, quanto às observações que ele fazia nos momentos que menciono, um exemplo transmite melhor a ideia.

Certa noite, passeávamos por uma rua comprida e suja nas vizinhanças do Palais Royal. Estando ambos, aparentemente, absortos em nossos pensamentos, nenhum dos dois havia enunciado uma sílaba sequer por pelo menos quinze minutos. De repente, Dupin rompeu o silêncio com as seguintes palavras:

" É verdade, ele é um sujeito muito pequeno e estaria melhor no *Théâtre des Variétés*."

"Não pode haver dúvida a esse respeito," retruquei automaticamente e sem observar de imediato (tão absorto estava em minha reflexão) o modo extraordinário como ele havia se infiltrado em meus pensamentos. Um instante depois, eu me dei conta disso e meu espanto foi profundo.

"Dupin," eu disse com gravidade, "isso está além da minha compreensão. Não hesito em dizer que estou perplexo e mal posso acreditar em meus sentidos. Como você podia saber que eu estava pensando em ———?" e aqui fiz uma pausa, para verificar sem sombra de dúvida se ele de fato sabia em quem eu estava pensando.

"Em ——— de Chantilly," disse ele. "Por que você parou? Estava dizendo a si mesmo que a figura diminuta dele não condiz com a tragédia."

Era precisamente isso que formava o conteúdo de minhas reflexões. Chantilly era um ex-sapateiro da Rua St. Denis, que, tendo-se apaixonado pelo teatro, havia tentado representar o papel de Xerxes, da tragédia epônima de Crébillon, e havia sido notoriamente ridicularizado por seus esforços.

"Conte-me, em nome dos céus," exclamei, "o método — se é que existe algum método — que lhe permitiu apreender essa questão em meu espírito." De fato, eu estava ainda mais espantado do que pretendia demonstrar.

"Foi o fruteiro," respondeu meu amigo, "que o levou à conclusão de que quem remendava solas de sapato não tinha altura suficiente para representar Xerxes *et id genus omne*."[4]

"O fruteiro! — você me surpreende — não conheço fruteiro algum."

"O homem que lhe deu um encontrão quando chegamos a esta rua — uns quinze minutos atrás."

Eu agora lembrava que, de fato, um fruteiro, carregando na cabeça um grande cesto de maçãs, quase me havia derrubado sem querer, quando saíamos da Rua C—— para entrar na via pública na qual nos encontrávamos; mas o que isso tinha a ver com Chantilly não conseguia entender.

Não havia uma partícula sequer de *charlatânerie*[5] em Dupin. "Vou explicar," disse ele, "e, para que você possa compreender tudo com clareza, primeiro vamos retraçar

---

[4] Nem qualquer outro de sua classe.
[5] Charlatanice.

o rumo de suas meditações, desde o momento em que falei com você até o da *rencontre*[6] com o fruteiro em questão. Os elos maiores da corrente são os seguintes — Chantilly, Órion, Dr. Nichols, Epicuro, Estereotomia, as pedras do calçamento, o fruteiro."

Poucas pessoas não se divertiram, em algum momento da vida, retraçando os passos pelos quais chegaram a determinadas conclusões em sua mente. Essa ocupação é sempre muito interessante; e quem a experimenta pela primeira vez fica espantado com a distância aparentemente ilimitada e a incoerência que há entre o ponto de partida e o de chegada. Qual não foi, então, minha surpresa quando ouvi o francês dizer o que acabara de dizer e quando fui obrigado a admitir que o que dissera era verdade. Ele continuou:

"Tínhamos falado em cavalos, se bem me lembro, um pouco antes de sairmos da Rua C——. Foi esse o último assunto que discutimos. Quando atravessamos para entrar nesta rua, um fruteiro, com um grande cesto na cabeça, esbarrando rapidamente em nós, empurrou-o para cima de uma pilha de pedras de pavimentação extraídas de um trecho da rua que está em conserto. Você pisou em um dos fragmentos soltos, escorregou, torceu de leve o tornozelo, pareceu estar envergonhado ou mal-humorado, resmungou algumas palavras, virou-se para olhar a pilha e depois continuou andando em silêncio. Eu não estava especialmente atento ao que você fazia; mas a observação

---

[6] O do encontro.

vem-se tornando para mim, nos últimos tempos, um tipo de necessidade.

"Você manteve os olhos no chão — observando, com uma expressão petulante, os buracos e sulcos do pavimento (por isso notei que ainda estava pensando nas pedras), até chegarmos à pequena viela chamada Lamartine, que foi pavimentada, a título de experiência, com blocos justapostos e rebitados. Aqui, sua fisionomia se iluminou e, percebendo o movimento de seus lábios, não pude duvidar de que murmurava a palavra 'estereotomia,' termo que é aplicado de modo muito forçado a esse tipo de pavimento. Eu sabia que você não podia dizer a si mesmo 'estereotomia' sem ser levado a pensar nos átomos e, portanto, nas teorias de Epicuro; e, como mencionei a você quando discutimos esse assunto há pouco tempo, de que modo singular, mas pouco divulgado, as vagas descobertas desse nobre grego haviam sido confirmadas pela recente cosmogonia nebular, percebi que você não podia deixar de olhar para cima, para a grande *nebula* em Orion, e certamente esperei que o fizesse. Você de fato olhou para cima; então tive certeza de ter seguido seus passos corretamente. Mas naquela *tirade* cruel acerca de Chantilly, que apareceu no '*Musée*' de ontem, o satirista, fazendo algumas alusões sórdidas à mudança de nome do sapateiro por ele ter assumido o papel trágico,[7] citou

---

[7] No texto original, há aqui um trocadilho: a expressão "assume the buskin" [que traduzimos como "assumir o papel trágico"] se refere tanto ao papel que o sapateiro representou na tragédia de Crébillon como à apropriação ou confisco de um objeto da Antiguidade como também ao ato de calçar um sapato alto ou coturno.

um verso latino a respeito do qual temos conversado com frequência. Refiro-me ao verso
Perdidit antiquum litera prima sonum.[8]

"Eu lhe havia dito que o verso se referia a Órion, nome que antigamente se escrevia como Urion; e, a partir de determinadas pungências relacionadas com essa explicação, sabia que você não a poderia ter esquecido. Ficou claro, portanto, que não podia deixar de associar as duas ideias, Orion e Chantilly. Que de fato as associou, eu o percebi pelo tipo de sorriso que lhe passou pelos lábios. Você pensou na imolação do pobre sapateiro. Até então, sua postura vinha sendo curvada; mas em seguida eu o vi endireitar-se em toda a sua altura. Tive então certeza de que estava pensando na figura pequenina de Chantilly. A essa altura, interrompi suas reflexões para observar que, de fato, ele *era* um sujeito muito pequeno — esse Chantilly — e que ficaria melhor no *Théâtre des Variétés*."

Não muito tempo depois disso, estávamos olhando uma edição vespertina da "Gazette des Tribunaux", quando os seguintes parágrafos atraíram nossa atenção.

"ASSASSINATOS EXTRAORDINÁRIOS. — Nesta madrugada, por volta das três horas, os moradores do Quartier St. Roch foram despertados por uma sequência de gritos terríveis, aparentemente provenientes do quarto andar de uma residência na Rua Morgue, conhecida por ser ocupada unicamente por certa Madame L'Espanaye

---

[8] "A primeira letra perdeu o som antigo". A referência é ao *Fasti*, de Ovídio, que descreve o nascimento do caçador Órion a partir da urina (do grego *ourios*) dos deuses Zeus, Poseidon e Hermes. Órion foi levado às estrelas por Zeus a pedido de sua filha Ártemis que o amava e foi transformado na constelação que recebe o seu nome.

e sua filha, Mademoiselle Camille L'Espanaye. Depois de um atraso, ocasionado por uma tentativa infrutífera de se aceder à casa do modo costumeiro, o portão foi arrebentado com uma alavanca e oito ou dez vizinhos entraram, acompanhados de dois *gendarmes*.[9] A essa altura, os gritos haviam cessado; mas, como o grupo subiu correndo o primeiro lance de escadas, ele distinguiu duas ou mais vozes roucas discutindo acerbamente, que pareciam vir do último andar da casa. Quando o segundo patamar foi alcançado, também esses sons haviam cessado e tudo permaneceu em perfeito silêncio. As pessoas do grupo se espalharam e percorreram rapidamente todos os quartos. Quando chegaram a um grande aposento nos fundos no quarto andar (cuja porta, estando trancada com a chave dentro, foi arrombada), apresentou-se a todos os que ali estavam um espetáculo que os abalou, provocando-lhes não apenas horror, mas principalmente espanto.

"O apartamento estava na mais louca desordem — os móveis quebrados e jogados em todas as direções. Havia apenas a cabeceira da cama; e, dessa cabeceira, a cama havia sido removida e jogada no meio do chão. Em uma cadeira, havia uma lâmina manchada de sangue. Na lareira, duas ou três tranças longas e grisalhas de cabelo humano, também elas molhadas de sangue, que pareciam ter sido arrancadas da raiz. No chão, foram encontrados quatro napoleões,[10] um brinco de topázio, três grandes

---

[9] Policiais franceses.
[10] Moedas de ouro valendo 20 francos, cunhadas em 1801 para celebrar a vitória de Napoleão Bonaparte contra os austríacos em 14 de junho de 1800.

colheres de prata, três colheres menores de *métal d'Alger*[11] e duas bolsas contendo quase quatro mil francos em ouro. As gavetas de um *bureau* que ficava em um dos cantos estavam abertas e aparentemente haviam sido roubadas, embora muitos itens ainda ali permanecessem. Foi descoberto um pequeno cofre de ferro embaixo da *cama* (e não atrás da cabeceira). Estava aberto, com a chave ainda na fechadura. Encontrava-se vazio, exceto por umas poucas cartas antigas e outros papéis sem importância.

"De Madame L'Espanaye, não se viu rastro algum; mas, tendo-se observado uma quantidade incomum de fuligem na lareira, fez-se uma busca na chaminé e (é horrível relatar isso!) o cadáver de sua filha, de cabeça para baixo, foi retirado de lá; ele havia sido forçado para cima pela abertura estreita até uma profundidade considerável. O corpo estava bem quente. A um exame, perceberam-se muitas escoriações, sem dúvida ocasionadas pela violência com que foi empurrado e retirado. No rosto, havia muitos arranhões graves e, na garganta, escoriações escuras e profundas marcas de unhas, como se a falecida tivesse sido estrangulada até morrer.

"Após uma cuidadosa investigação em cada parte da casa, sem descobertas adicionais, o grupo foi até um pequeno pátio pavimentado nos fundos da casa, onde jazia o corpo da velha senhora com a garganta tão inteiramente lacerada que, na tentativa de o erguerem, a cabeça caiu no chão. O corpo, assim como a cabeça,

---

[11] Latão niquelado.

estava horrivelmente mutilado — aquele de tal maneira que pouco mantinha qualquer resquício de humanidade.

"Para este horrível mistério ainda não há, acreditamos, a menor pista."

O jornal do dia seguinte trazia estes detalhes adicionais.

"*A Tragédia na Rua Morgue.* — Muitas pessoas estão sendo interrogadas acerca desse caso extraordinário e assustador" [a palavra 'caso'[12] ainda não tem, na França, essa leveza de significação que lhe atribuímos], "mas nada surgiu para lançar-lhe alguma luz. Fornecemos abaixo todo o material extraído dos depoimentos.

"*Pauline Dubourg*, lavadeira, declara que conhecia ambas as mortas havia três anos, tendo prestado serviços a elas nesse período. A senhora e sua filha pareciam ter boas relações — tinham muito afeto uma pela outra. Pagavam muitíssimo bem. Nada sabia dizer a respeito de seu modo de vida ou de seus recursos financeiros. Acreditava que Madame L. lia a sorte para ganhar a vida. Sabia-se que tinha dinheiro guardado. Nunca encontrava ninguém na casa quando ia buscar as roupas ou levá-las de volta. Estava certa de não terem empregados. Parecia não haver móveis em nenhuma outra parte da casa a não ser no quarto andar.

"*Pierre Moreau*, dono da tabacaria, declara que costumava vender pequenas quantidades de tabaco e rapé a Madame L'Espanaye há quase quatro anos. Nasceu na vizinhança e sempre morou ali. A falecida e a filha vinham ocupando a casa em que os corpos foram encontrados há mais de

---

[12] *Affaire*, no original.

seis anos. Ela era antes ocupada por um joalheiro que sublocava os quartos do andar de cima a várias pessoas. A casa pertencia a Madame L. Ela ficou aborrecida com o abuso do imóvel por parte do inquilino e mudou-se para lá, recusando-se a alugar qualquer cômodo. A velha senhora estava caduca. A testemunha havia visto a filha umas cinco ou seis vezes nesses seis anos. As duas viviam uma vida excessivamente reclusa — supunha-se que tinham dinheiro. Escutara os vizinhos dizerem que Madame L. lia a sorte — não acreditava nisso. Nunca vira quem quer que fosse entrar pela porta a não ser a senhora e a filha, um entregador uma ou duas vezes e um médico umas oito ou dez vezes.

"Muitas outras pessoas, vizinhos, forneceram o mesmo tipo de testemunho. Não mencionaram pessoa alguma que frequentasse a casa. Não sabiam se Madame L. e a filha tinham algum parente vivo. As persianas das janelas da frente raramente eram abertas. As de trás estavam sempre fechadas, exceto as do aposento grande dos fundos, no quarto andar. A casa era boa — não muito antiga.

"*Isidore Musèt, gendarme*, declara que foi chamado à casa por volta das três horas da manhã e encontrou umas vinte ou trinta pessoas no portão de entrada, tentando abri-lo. Acabou arrombando-o, afinal, com uma baioneta — e não com um pé de cabra. Teve pouca dificuldade para abri-lo, por ser um portão duplo ou dobrável, e não estar trancado com ferrolhos, nem em cima, nem embaixo. Os berros continuaram até o portão ser arrombado — e depois cessaram de repente. Pareciam ser gritos de uma pessoa (ou pessoas) em grande agonia — eram altos e demorados, e não curtos e rápidos. A testemunha tomou a frente subindo as escadas. Quando chegou ao primeiro patamar, ouviu duas vozes discutindo em tom alto e zangado — uma delas rouca, a outra bem mais estridente — uma voz muito estranha. Conseguiu distinguir algumas palavras ditas pela primeira, que era a de um francês. Tinha certeza de não ser voz de mulher. Conseguiu distinguir as palavras '*sacré*' e '*diable*.' A voz estridente era de pessoa estrangeira. Não soube dizer se era voz de mulher ou de homem. Não conseguiu identificar o que estava sendo dito, mas pensou tratar-se da língua espanhola. O estado do cômodo e dos corpos foi descrito por essa testemunha tal como os descrevemos ontem.

"*Henri Duval*, vizinho, de profissão ourives, declara que foi o primeiro do grupo a entrar na casa. Corrobora o testemunho de Musèt de modo geral. Logo que forçaram a entrada, tornaram a fechar a porta para manter do lado de fora a multidão que se havia reunido muito rápido, apesar da hora tardia. A voz estridente, como crê essa testemunha, era a de um italiano. Tem certeza de que não era francês. Não tem certeza de ser voz de homem. Podia ser de mulher. Não tem familiaridade com a língua italiana. Não conseguiu distinguir as palavras, mas estava convencido, pela entonação, de que se tratava de falante do italiano. Conhecia Madame L. e a filha. Conversava com elas com frequência. Tinha certeza de que a voz estridente não era de nenhuma das falecidas.

"—— *Odenheimer, restaurateur*. Este indivíduo ofereceu seu testemunho voluntariamente. Não falava francês e foi interrogado com auxílio de intérprete. Nasceu em

Amsterdã. Estava passando pela casa na hora dos berros. Eles duraram muitos minutos — provavelmente uns dez. Eram longos e altos — muito assustadores e inquietantes. Foi um dos que entraram no prédio. Corroborou os depoimentos anteriores em todos os aspectos menos um. Tinha certeza de que a voz estridente era masculina — a de um francês. Não conseguiu distinguir as palavras enunciadas. Eram altas e rápidas — desiguais — pronunciadas aparentemente com medo e também com raiva. A voz era rouca — mais rouca que estridente. Não diria que era uma voz estridente. A voz rouca disse repetidas vezes '*sacré*,' '*diable*' e, uma vez, '*mon Dieu*.'[13]

"*Jules Mignaud*, banqueiro, da empresa Mignaud et Fils, Rue Deloraine. É o Mignaud mais velho. Madame L'Espanaye tinha algum patrimônio. Abrira uma conta em seu banco na primavera de — (oito anos antes). Fazia depósitos frequentes de pequenas quantias. Nunca havia feito uma retirada até o terceiro dia anterior à sua morte, quando pessoalmente sacou 4000 francos. Essa quantia foi paga em ouro e um caixa levou-a até sua casa.

"*Adolphe Le Bon*, caixa de Mignaud et Fils, declara que, no dia em questão, por volta de meio-dia, acompanhou Madame L'Espanaye até sua casa com 4000 francos,

---

[13] "*Sacré*", literalmente, se traduz como "sagrado". No contexto, tem o sentido injurioso de "maldito", ou pode ser mesmo utilizada no sentido de "que diabos!" Na verdade, seria um impropério intraduzível, já que, em português, não temos palavras de baixo calão do campo semântico religioso. "Diable" é "diabo". Já "*Mon Dieu*" tem a mesma conotação de espanto e invocação de auxílio que "Meu Deus" em nossa língua.

divididos em duas bolsas. Quando a porta se abriu, Mademoiselle L. apareceu e tomou de sua mão uma das bolsas, enquanto a velha senhora pegou a outra. Então ele fez uma reverência e foi embora. Não viu pessoa alguma na rua. É uma rua secundária — muito isolada.

"*William Bird*, alfaiate, declara que fazia parte do grupo que entrou na casa. É inglês. Vive em Paris há dois anos. Foi um dos primeiros que subiu a escada. Ouviu as vozes discutindo. A voz rouca era de um francês. Conseguiu distinguir várias palavras, mas agora não se lembrava de todas. Ouviu nitidamente '*sacré*' e '*mon Dieu*.' Produziu-se um som no momento, como o de várias pessoas lutando — o som de algo raspando e de gente lutando. A voz estridente era muito alta — mais alta do que a rouca. Tem certeza de que não era a voz de um inglês. Parecia ser a de um alemão. Podia ser uma voz de mulher. Ele não entende alemão.

"Quatro das testemunhas supracitadas, ao serem convocadas novamente, declararam que a porta do quarto em que o corpo de Mademoiselle L. foi encontrado estava trancada por dentro quando o grupo ali chegou. Havia um perfeito silêncio —nenhum gemido, nenhum barulho de tipo algum. Quando a porta foi forçada, não se viu ninguém. As janelas do quarto da frente e do quarto de trás estavam fechadas e firmemente trancadas do lado de dentro. Uma porta entre os dois quartos estava fechada, mas não trancada. A porta que separava o quarto da frente do corredor estava trancada, com a chave do lado de dentro. Um quartinho na frente da casa, no quarto andar, no fim do corredor, estava aberto, com a porta entreaberta. Esse quartinho estava entulhado com camas velhas, caixas e outras coisas. Tudo isso foi cuidadosamente removido e examinado. Nenhum centímetro de nenhuma parte da casa deixou de ser cuidadosamente examinado. Vasculhos foram passados pelas chaminés de cima abaixo. A casa tem quatro andares, com sótãos (*mansardes*). Um alçapão no teto estava pregado de modo muito seguro — parecia não ter sido aberto por muitos anos. O tempo decorrido entre a escuta das vozes discutindo e o arrombamento da porta do quarto foi reportado de diferentes maneiras pelas testemunhas. Algumas disseram que foram apenas três minutos — outras, que foram cinco. A porta foi aberta com dificuldade.

"*Alfonzo Garcio*, agente funerário, atesta que reside na Rua Morgue. Nasceu na Espanha. Fazia parte dos que entraram na casa. Não subiu as escadas. É nervoso e estava apreensivo quanto às consequências da agitação. Ouviu as vozes discutindo. A voz rouca era a de um francês. Não conseguiu distinguir o que foi dito. A estridente era de um inglês — tem certeza disso. Não entende a língua inglesa, mas julga pela entoação.

"*Alberto Montani*, confeiteiro, declara que estava entre os primeiros a subir as escadas. Ouviu as vozes em questão. A voz rouca era de um francês. Distinguiu várias palavras. Quem falava parecia estar fazendo advertências. Não conseguiu depreender as palavras da voz estridente. Falava com rapidez e inconsistência. Acredita que seja a voz de um russo. Corrobora o testemunho geral. É italiano. Nunca conversou com quem tivesse nascido na Rússia.

"Várias testemunhas, reconvocadas afirmaram aqui que as chaminés de todos os cômodos do quarto andar eram estreitas demais para admitir a passagem de um ser humano. Por 'vasculhos', entendiam escovas cilíndricas como as que são usadas por limpadores de chaminés. Essas escovas foram passadas de cima abaixo, em cada conduto da casa. Não há passagem traseira pela qual alguém pudesse ter descido enquanto o grupo subia as escadas. O corpo de Mademoiselle L'Espanaye foi entalado com tanta firmeza na chaminé que só pôde ser retirado quando quatro ou cinco pessoas do grupo juntaram suas forças.

"*Paul Dumas*, médico, afirma que foi chamado para ver os corpos perto do nascer do dia. Ambos estavam então deitados no estrado da cama, no quarto onde Mademoiselle L. foi encontrada. O corpo da jovem estava muito machucado e cheio de escoriações. O fato de ter sido empurrado chaminé acima bastaria para explicar esse aspecto. A garganta estava bem esfolada. Havia vários arranhões profundos logo abaixo do queixo, junto com uma série de manchas lívidas que eram obviamente marcas de dedos. O rosto estava assustadoramente descolorido e os globos oculares estavam saltados. A língua havia sido parcialmente mordida. Uma enorme contusão foi encontrada na boca do estômago, produzida, ao que parece, pela pressão de um joelho. Na opinião do Dr. Dumas, Mademoiselle L'Espanaye fora morta por estrangulamento por uma ou mais pessoas desconhecidas. O cadáver da mãe estava horrivelmente mutilado. Todos os ossos da perna e do braço direito estavam mais ou menos esmigalhados. A *tíbia* esquerda estava muito estilhaçada, assim como todas as costelas do lado esquerdo. O corpo todo horrivelmente contundido e descolorido. Não era possível dizer como os ferimentos haviam sido infligidos. Um pesado taco de madeira, ou uma avantajada barra de ferro — uma cadeira — qualquer arma grande, pesada e obtusa teria produzido esses resultados nas mãos de um homem muito robusto. Nenhuma mulher conseguiria infligir tais golpes com qualquer tipo de arma. A cabeça da falecida, quando observada pela testemunha, estava inteiramente separada do corpo e também estava muito esfacelada. Era evidente que a garganta havia sido cortada com algum instrumento muito afiado — provavelmente uma navalha.

"*Alexandre Etienne*, cirurgião, foi chamado com o Dr. Dumas para examinar os corpos. Corroborou o testemunho e as opiniões do Dr. Dumas.

"Nenhum dado adicional importante foi obtido, embora várias outras pessoas tenham sido interrogadas. Um assassinato assim tão misterioso e tão desconcertante em todos os seus pormenores nunca foi cometido antes em Paris — se é que, de fato, um assassinato foi cometido. A polícia está completamente perdida — ocorrência incomum em casos dessa natureza. Não há, porém, sequer a sombra de uma pista."

A edição vespertina do jornal informou que ainda permanecia a maior agitação no Quartier St. Roch — que haviam sido feitas novas buscas cuidadosas naquelas redondezas e que haviam sido realizados novos interrogatórios das testemunhas, mas tudo sem resultado. Um pós-escrito, porém, mencionava que Adolphe Le Bon havia sido detido e colocado na prisão — embora nada parecesse incriminá-lo, além dos fatos já detalhados.

Dupin parecia estar particularmente interessado no andamento desse caso — pelo menos foi o que julguei com base em sua atitude, já que ele não fez comentário algum. Foi apenas após o anúncio da prisão de Le Bon que ele pediu minha opinião acerca dos assassinatos.

Eu podia apenas concordar com Paris inteira em considerá-los como um mistério insolúvel. Não via meios possíveis de seguir o rastro do assassino.

"Não devemos julgar os meios," disse Dupin, "com base nessa amostra de interrogatório. A polícia parisiense, tão louvada por sua *acuidade*, é astuta, mas apenas isso. Não há método em seus procedimentos, além do situacional. Ela faz um grande alarde de medidas; mas, com grande frequência, essas medidas são tão pouco adequadas aos objetivos propostos que nos fazem lembrar Monsieur Jourdain pedindo sua *robe-de-chambre — pour mieux entendre la musique*.[14] Os resultados que obtém são muitas vezes surpreendentes, mas na maior parte, devem-se a mera diligência e atividade. Quando essas qualidades são ineficazes, seus esquemas falham. Vidocq, por exemplo, era

---

[14] Aqui, Dupin alude ao ato I, cena II, da comédia-ballet de Molière, *Le Bourgeois Gentilhomme* [O Burguês Fidalgo], na qual Monsieur Jourdain, o burguês que aspira a ser fidalgo, comparece, vestido com pijama e roupão, a uma aula de música e dança. Ele tira o roupão e, apenas de pijama, pede a seu lacaio que lhe devolva o roupão para que, ao vesti-lo novamente, possa ouvir melhor a música. A peça ridiculariza não apenas a vulgaridade das tentativas de alpinismo social da classe média, mas também a arrogância e o esnobismo da classe aristocrática.

capaz de inferir e era perseverante. Mas, como não tinha um raciocínio ilustrado, equivocava-se continuamente com a própria intensidade de suas investigações. Distorcia sua visão por manter o objeto demasiadamente próximo. Talvez ele conseguisse ver um ou dois pontos com clareza incomum, mas, ao fazê-lo, necessariamente perdia de vista a questão como um todo. Portanto, é possível ser profundo em demasia. A verdade nem sempre está dentro de um poço. De fato, quanto ao conhecimento mais importante, creio mesmo que é invariavelmente superficial. A profundidade reside nos vales onde procuramos a verdade, e não no topo das montanhas onde ela é encontrada. Os modos e origens desse tipo de equívoco são bem exemplificados pela contemplação dos corpos celestes. Olhar para uma estrela de relance — vê-la de viés, voltando para ela as partes externas da *retina* (mais suscetíveis do que as internas a tênues impressões luminosas), é apreender a estrela com nitidez — é ter a melhor apreciação de seu brilho — um brilho que fica mais turvo na proporção em que voltamos nossa visão *inteiramente* para ele. Um número cada vez maior de raios, na verdade, incide sobre o olho nesse caso, mas, no caso anterior, há uma capacidade de compreensão mais refinada. Com a profundidade inadequada, ficamos perplexos e enfraquecemos nosso raciocínio; e é até mesmo possível fazer Vênus desaparecer do firmamento com um escrutínio por demais prolongado, por demais concentrado ou por demais direto.

"Quanto a esses assassinatos, façamos algumas análises por nossa conta antes de formar uma opinião a respeito. Uma investigação será um bom divertimento para nós," [pensei que esse termo ficava meio estranho quando aplicado a tal situação, mas nada disse] "e, além do mais, Le Bon uma vez me prestou um serviço pelo qual lhe sou grato. Iremos ver o local com nossos próprios olhos. Conheço G——, o Chefe de Polícia, e não terei dificuldade alguma para obter a permissão necessária."

A permissão foi obtida e imediatamente nos dirigimos à Rua Morgue. Essa é uma daquelas vias públicas miseráveis que ficam entre a Rua Richelieu e a Rua St. Roch. Foi no fim da tarde que lá chegamos, já que esse bairro fica a uma grande distância daquele em que residíamos. Logo encontramos a casa; isso porque ainda havia muitas pessoas do outro lado da rua, olhando para as venezianas fechadas, com uma curiosidade sem propósito. Era uma casa parisiense comum, com um vestíbulo que apresentava, em um dos lados, uma guarita azulejada com uma portinhola deslizante na janela, indicando tratar-se de um *loge de concierge*.[15] Antes de entrar, subimos pela rua, descemos por uma viela e então, fazendo a volta novamente, passamos por trás do prédio — Dupin, nesse meio tempo, examinava toda a vizinhança e também a casa com uma atenção minuciosa, para a qual eu não conseguia ver um propósito possível.

Retomando nossos passos, encontramo-nos uma vez mais diante da residência, tocamos a campainha e, mostrando nossas credenciais, fomos admitidos pelos policiais encarregados. Subimos a escada — e entramos no quarto onde o corpo de Mademoiselle L'Espanaye

---

[15] Cubículo de porteiro.

havia sido encontrado, e onde ambas as falecidas ainda permaneciam. A desordem do quarto, como de costume, fora deixada como estava. Nada vi além daquilo que fora descrito na "Gazette des Tribunaux." Dupin esquadrinhou tudo — sem excetuar os corpos das vítimas. Entramos então nos outros quartos e no pátio; um *gendarme* acompanhou-nos por toda a parte. A investigação nos ocupou até escurecer, quando então fomos embora. A caminho de casa, meu companheiro entrou por um momento na redação de um dos jornais diários.

Eu já disse que os caprichos do meu amigo eram inúmeros e que *Je les ménageais*:[16] — para essa expressão, não há equivalente em inglês. Seu estado de espírito então o levou a deixar de lado qualquer conversa a respeito do assassinato até mais ou menos meio-dia do dia seguinte. Foi quando que ele me perguntou, de chofre, se eu tinha observado algo de *peculiar* na cena da atrocidade.

Havia algo em seu modo de enfatizar a palavra *"peculiar"* que me fez estremecer sem saber por quê.

"Não, nada de *peculiar*," respondi; "nada mais, pelo menos, além daquilo que que eu e você lemos nos jornais."

"A '*Gazette*'", retrucou ele, "não captou, temo eu, o horror incomum das coisas. Mas descarte as opiniões sem fundamento dessa publicação. Parece-me que esse mistério é considerado como insolúvel, pela razão mesma que deveria levá-lo a ser considerado como de fácil solução — quero dizer, pelo caráter *outré*[17] de suas características. A polícia

---

[16] Eu dava conta deles.
[17] Exagerado.

está confusa com a aparente falta de motivo — não para o assassinato em si — mas para a atrocidade do assassinato. Ela também está desnorteada pela aparente impossibilidade de reconciliar as vozes ouvidas durante a discussão com o fato de que não se descobriu ninguém no andar de cima além da assassinada Mademoiselle L'Espanaye e de que era impossível alguém sair dali sem ser notado pelo grupo que vinha subindo. A desordem brutal do quarto; a introdução do cadáver na chaminé, de cabeça para baixo; a horrenda mutilação do corpo da velha senhora; essas considerações, em conjunto com aquelas acabei de mencionar e outras que não preciso mencionar, bastaram para paralisar as forças policiais, deixando inteiramente desnorteada a sua enaltecida *acuidade*. Elas caíram no erro grosseiro, mas comum, de confundir o extraordinário com o abstruso. Mas é por esses desvios do comum que a razão tateia o seu caminho, se é que o faz, na busca da verdade. Em investigações como essa que agora estamos realizando, não se deve tanto perguntar 'o que aconteceu,' mas 'o que aconteceu que nunca tinha acontecido antes.' De fato, a facilidade com que devo chegar, ou com que venho chegando, à solução desse mistério, está na proporção direta de sua aparente insolubilidade aos olhos da polícia."

Olhei fixo para o interlocutor, mudo de espanto.

"Agora estou esperando," continuou ele, olhando para a porta de nosso apartamento — "estou esperando uma pessoa que, embora talvez não seja o autor dessas carnificinas, talvez esteja em alguma medida implicado em sua ocorrência. Da pior porção dos crimes cometidos, é provável que seja inocente. Espero estar certo nessa suposição; porque é nisso que estou construindo minha expectativa de desvendar todo o enigma. Aguardo o homem aqui — nesta sala — a qualquer momento. É verdade que ele pode não vir; mas é provável que virá. Se vier, será preciso detê-lo. Aqui estão as pistolas; e ambos sabemos como usá-las quando a ocasião o exigir."

Peguei as pistolas, mal sabendo o que fazia, ou mal acreditando no que ouvia, enquanto Dupin continuava, como em solilóquio. Já falei de sua queda para a abstração em momentos como esse. Seu discurso se dirigia a mim; mas sua voz, embora de modo algum fosse alta, tinha aquela entonação que é comumente empregada quando se fala com alguém a uma grande distância. Seus olhos, com uma expressão vazia, olhavam apenas para a parede.

"Que as vozes ouvidas na discussão pelo grupo que subia as escadas não eram as vozes das próprias mulheres", disse ele, "é algo inteiramente provado pelos testemunhos. Isso nos exime de qualquer dúvida quanto à possibilidade de a senhora ter primeiro matado a filha e depois ter cometido suicídio. Falo disso principalmente por uma questão de método; porque a força de Madame L'Espanaye teria sido totalmente desproporcional à tarefa de enfiar o cadáver da filha na chaminé do modo como ele foi encontrado; e a natureza dos ferimentos em sua própria pessoa desmente a ideia de autodestruição. O assassinato foi, portanto, cometido por terceiros; e as vozes desses terceiros foram as mesmas ouvidas na discussão. Permita-me agora chamar sua atenção — não para todos os testemunhos relativos a essas vozes — mas para o que havia neles de *peculiar*. Você observou qualquer coisa peculiar a respeito deles?"

Comentei que, enquanto todas as testemunhas concordaram em supor que a voz rouca fosse a de um francês, havia muita discordância quanto à voz estridente, ou como um indivíduo a denominou, rouca.

"Isso foi o próprio testemunho," disse Dupin, "mas não a peculiaridade do testemunho. Você não observou nada de distintivo. No entanto *havia* algo a ser observado. As testemunhas, como comentou, concordaram a respeito da voz rouca; nisso, foram unânimes. Mas, quanto à voz estridente, a peculiaridade é — não o fato de haverem discordado — mas de que, embora um italiano, um inglês, um espanhol, um holandês e um francês tentassem descrevê-la, cada um falou dela como a *de um estrangeiro*. Cada um tem certeza de que não era a voz de um conterrâneo seu. Cada um a compara — não com a voz de um indivíduo de qualquer país cuja língua ele fala — mas o contrário. O francês supõe que seja a voz de um espanhol e 'poderia ter distinguido algumas palavras *se tivesse familiaridade com o espanhol*.' O holandês insiste em que era a de um francês; mas descobrimos que ele declarou *'não entender francês, essa testemunha foi interrogada com auxílio de um intérprete.'* O inglês pensa que a voz era de um alemão, e *'não entende alemão.'* O espanhol 'tem certeza' de que se tratava de um inglês, mas 'julga pela entonação' apenas, *'já que não tem conhecimento do inglês.'* O italiano acredita que é a voz de um russo, mas *'nunca conversou com um nativo da Rússia.'* Um segundo francês diverge, além do mais, do primeiro, e é categórico ao afirmar que a voz era de um italiano; mas, *não conhecendo aquela língua*, ele está, como o espanhol, 'convencido pela entonação.' Agora, como aquela voz deve ter mesmo soado estranhamente incomum a ponto de ter *inspirado* testemunhos como esses! — em cujos *tons*, inclusive, habitantes das cinco grandes áreas da Europa não conseguiram reconhecer nada de familiar! Você dirá que poderia ter sido a voz de um asiático — de um africano. Não há abundância nem de asiáticos nem de africanos em Paris; mas, sem negar a inferência, vou agora apenas chamar sua atenção para três pontos. Essa voz é caracterizada por uma das testemunhas como 'mais rouca que estridente.' É considerada por duas outras como 'rápida e *desigual*.' Nenhuma palavra — nenhum som semelhante a palavras — foi mencionada por testemunha alguma como distinguível.

"Eu não sei," continuou Dupin, "que impressão posso ter causado, até agora, em seu próprio entendimento; mas não hesito em afirmar que deduções legítimas até mesmo dessa parte do testemunho — da parte concernente às vozes roucas e estridentes — bastam em si para gerar uma suspeita que deveria orientar todos os próximos passos na investigação desse mistério. Eu disse 'deduções legítimas'; mas o que assim quis dizer não foi expresso por completo. Meu intuito foi sugerir que as deduções são as *únicas* adequadas, e que a suspeita brota delas *inevitavelmente* como o único resultado. Que suspeita é essa, no entanto, ainda não vou dizer. Quero apenas que considere que, para mim, ela foi forte o suficiente para dar uma forma definitiva — uma determinada orientação — a minhas investigações no aposento.

"Agora vamos nos transportar, na imaginação, a esse aposento. O que vamos procurar ali primeiro? Os meios de saída empregados pelos assassinos. Não é exagerado dizer que nenhum de nós acredita em acontecimentos sobrenaturais. Madame e Mademoiselle L'Espanaye não foram mortas por fantasmas. Os agentes do crime eram compostos de matéria e escaparam materialmente. Mas como, então? Felizmente, só há uma maneira de raciocinar acerca desse ponto, e essa maneira *deve* conduzir-nos a uma decisão definitiva. Examinemos, um por um, os possíveis meios de fuga. Fica claro que os assassinos estavam no quarto onde Mademoiselle L'Espanaye foi encontrada, ou pelo menos no quarto adjacente, quando o grupo subiu a escada. É então apenas nesses dois quartos que devemos buscar as saídas. Os policiais revistaram os pisos, o forro do teto e os tijolos das paredes, em todas as direções. Nenhuma saída *secreta* poderia ter escapado à sua atenção. Mas, não confiando em *seus* olhos, fiz um exame com os meus. Não havia, então, *nenhuma* saída secreta. As duas portas dos quartos que davam para o corredor estavam bem trancadas, com as chaves do lado de dentro. Vamos nos voltar para as chaminés. Estas, embora com uma largura normal de uns dois metros e meio a três acima das lareiras, não comportam, em toda a sua extensão, o corpo de um gato volumoso. Como a impossibilidade de fuga pelos meios já mencionados é, portanto, absoluta, ficamos então reduzidos às janelas. Pelas do quarto da frente, ninguém poderia ter escapado sem ser percebido pelas pessoas na rua. Os assassinos *devem* ter passado, então, pelas do quarto dos fundos. Agora, tendo chegado a essa conclusão de um modo tão inequívoco como esse pelo qual a ela chegamos, não cabe a nós, como pessoas que sabem raciocinar, rejeitá-la com base em impossibilidades aparentes. Apenas nos resta provar que essas aparentes 'impossibilidades', na realidade, não o são de fato.

"Há duas janelas no quarto. Uma delas está livre de móveis e é inteiramente visível. A parte inferior da outra janela está oculta pela pesada cabeceira da cama que foi empurrada contra ela. Encontraram a primeira bem trancada por dentro. Ela resistiu à extrema força dos que tentaram abri-la. Um enorme furo feito com broca fora aberto em sua esquadria do lado esquerdo e perceberam um prego bem robusto ali enfiado, quase até a cabeça. Ao examinar a outra janela, descobriram um prego semelhante nela encaixado; e uma vigorosa tentativa de erguer esse caixilho também falhou. A polícia então ficou plenamente convencida de que a fuga não havia ocorrido nessas direções. E, *portanto*, considerou-se desnecessário retirar os pregos e abrir as janelas.

"Minha própria inspeção nesse caso foi um pouco mais meticulosa, e isso pela razão que acabo de explicar — porque nesse caso, eu sabia, todas as aparentes impossibilidades *tinham* de se revelar o oposto na realidade.

"Continuei pensado assim — a *posteriori*. Os assassinos de fato escaparam por uma daquelas janelas. Assim sendo, eles não poderiam ter prendido novamente os caixilhos do lado de dentro do modo como eles foram presos — a consideração que, por sua obviedade, pôs fim ao escrutínio da polícia naquele aposento. E, no entanto, os caixilhos *estavam* presos. Eles *deviam*, então, ter a capacidade de prender-se por si próprios. Não havia como escapar dessa conclusão. Aproximei-me da janela desobstruída, retirei o prego com certa dificuldade e tentei levantar o caixilho. Ele resistiu a todos os meus esforços, como eu havia previsto. Uma mola oculta tinha então de existir, pensei então; e essa confirmação de minha ideia convenceu-me de que minhas premissas, pelo menos, estavam corretas, por mais misteriosas que ainda parecessem as circunstâncias relativas aos pregos. Uma busca cuidadosa logo trouxe à luz a mola oculta. Pressionei-a e, satisfeito com a descoberta, não me dei ao trabalho de erguer o caixilho.

"Recoloquei então o prego no lugar e observei-o com atenção. Quem quer que tivesse passado por aquela janela poderia tê-la travado novamente, pois a mola teria funcionado — mas o prego não podia ter sido recolocado. A conclusão era simples e circunscreveu uma vez mais meu campo de investigação. Os assassinos *tinham* de ter escapado pela outra janela. Supondo, então, que as molas nos dois caixilhos fossem iguais, como era provável, *tinha* de ser encontrada uma diferença entre os pregos, ou pelo menos entre os modos como eles haviam sido colocados. Subindo no estrado da cama, olhei por cima da cabeceira e observei bem a segunda janela. Passando a mão por trás da cabeceira, logo descobri a mola e pressionei-a, e ela era, como eu havia suposto, idêntica à outra. Observei então o prego. Era tão robusto quanto o outro e aparentemente encaixado da mesma maneira — inserido quase até a cabeça.

"Você vai dizer que fiquei surpreso; mas, se acredita nisso, deve ter entendido mal a natureza de minhas deduções. Para usar uma expressão da área esportiva, não cometi uma única falta. Não perdi a pista por um instante sequer. Não incorri em uma falha sequer em qualquer elo da cadeia. Eu havia rastreado o segredo até a última conclusão — e essa conclusão era o *prego*. Ele tinha, como eu disse, em todos os aspectos, a mesma aparência de seu par na outra janela; mas esse fato a nada levava (por mais conclusivo que parecesse) quando comparado à consideração de que ali, naquela altura, a pista se encerrava. '*Tinha de haver algo errado*,' pensei, 'a respeito do prego.' Toquei-o; e a cabeça, com mais uns seis milímetros da haste, ficou nos meus dedos. O restante da haste ficou no buraco onde se quebrara. A fratura era antiga (pois suas bordas estavam incrustadas de ferrugem) e aparentemente fora causada por uma martelada, que havia encravado, no topo do caixilho inferior, a parte da cabeça do prego. Recoloquei então com cuidado aquela parte da cabeça do prego na abertura de onde a havia extraído, e a semelhança com um prego completo foi perfeita — a fissura ficou invisível. Pressionando a mola, levantei suavemente o caixilho alguns centímetros; a cabeça do prego subiu com ele, permanecendo firme em seu encaixe. Fechei a janela, e a semelhança do prego inteiro ficou perfeita uma vez mais.

"A adivinha, até então, estava adivinhada. O assassino havia escapado pela janela que ficava acima da cama. Fechando-se sozinha depois de ele ter saído (ou talvez sendo fechada de propósito), ela fora travada pela mola; e a retenção dessa mola é que a polícia confundiu com a do prego — por isso considerou desnecessário investigar mais.

"A próxima questão é o modo de descida. Quanto a isso, já me havia dado por satisfeito quando passeei com você ao redor do edifício. A cerca de um metro e meio da janela em questão, há um para-raios. Desse para-raios, teria sido impossível para qualquer pessoa alcançar a dita janela, ainda mais entrar por ela. Observei, no entanto, que as venezianas do quarto andar eram do tipo peculiar conhecido pelos carpinteiros parisienses como *ferrades* — um tipo raramente empregado hoje, mas visto com frequência em mansões muito antigas de Lyons e Bordeaux. Elas têm a forma de uma porta comum (de uma só folha, não dobrável), exceto que a parte inferior é de treliça ou trabalhada em madeira aberta — formando assim um excelente apoio para as mãos. Neste caso, as venezianas têm ao todo um metro de largura. Quando as vimos dos fundos da casa, ambas estavam meio abertas — quer dizer, formavam ângulos retos com as paredes. É provável que os policiais, assim como eu mesmo, tenham examinado os fundos do imóvel; mas, se é assim, ao olhar para essas *ferrades* na dimensão da largura (como devem ter feito), não perceberam essa grande largura, ou, em todo caso, falharam em considerá-la como deviam. De fato, estando satisfeitos com o fato de que nenhuma fuga poderia ter ocorrido por esse local, os policiais naturalmente fizeram ali um exame bem superficial. Ficou claro para mim, no entanto, que a veneziana da janela que fica na cabeceira da cama, caso fosse inteiramente aberta até atingir a parede, chegaria a uns sessenta centímetros da haste do para-raios. Também ficou evidente que, exercendo-se um grau muito incomum de agilidade e de coragem, seria possível entrar-se pela janela a partir dessa haste. Esticando-se por sessenta centímetros (agora estamos supondo que a veneziana estivesse toda aberta), um ladrão poderia ter agarrado a treliça com firmeza. Largando, então, a haste do para-raios, firmando os pés com segurança contra a parede e saltando com ousadia, ele poderia ter feito a veneziana se fechar e, se imaginarmos que a janela estivesse aberta naquele instante, poderia até mesmo ter pulado para dentro do quarto.

"Quero que você tenha em mente, de um modo todo especial, que eu falei em um grau de agilidade *muito* incomum como requisito para o sucesso de uma façanha tão audaciosa e tão difícil. Minha intenção é demonstrar a você, em primeiro lugar, a possibilidade de algo assim ter acontecido; — mas, em segundo lugar, e *principalmente*, quero enfatizar, em seu entendimento, o caráter *altamente extraordinário* — quase sobrenatural, do tipo de agilidade capaz de realizá-lo.

"Você dirá, sem dúvida, usando a linguagem jurídica, que, 'para defender minha tese,' eu deveria é dar menos valor à energia exigida para essa agilidade, e não insistir em sua total avaliação. Talvez seja essa a prática jurídica, mas não é a praxe da razão. Meu objetivo supremo é apenas a verdade. Meu propósito imediato é levá-lo a justapor essa agilidade *muito incomum* de que acabo de falar e aquela voz estridente (ou rouca) *muito peculiar* e *desigual*, sobre cuja nacionalidade duas pessoas não conseguiram pôr-se de acordo e em cuja enunciação não se pôde detectar nenhuma silabificação."

A essas palavras, uma concepção vaga e malformada daquilo que Dupin queria me dizer aflorou em minha mente. Eu parecia estar à beira do entendimento, sem a capacidade de compreender — como os homens, às vezes, encontram-se à margem da recordação sem serem capazes, no final, de recordar-se. Meu amigo continuou com seu discurso.

"Você verá," disse ele, "que eu mudei a questão do modo de saída para o modo de entrada. Tive a intenção de comunicar a ideia de que tanto a saída quanto a entrada foram efetuadas da mesma maneira, no mesmo ponto. Vamos agora voltar para o interior do aposento. Vamos investigar as aparências ali. As gavetas da cômoda, como disseram, haviam sido roubadas, embora muitas peças de roupa ainda permanecessem lá dentro. A conclusão aqui é absurda. Trata-se de um mero palpite — um palpite bem tolo — nada mais que isso. Como podemos saber que as peças encontradas não eram todas as que se encontravam originalmente nas gavetas? Madame L'Espanaye e a filha viviam uma vida excessivamente reclusa — não viam ninguém — raramente saíam — pouco necessitavam de muitas roupas. As que foram encontradas eram pelo menos de tão boa qualidade como as que se esperam que damas como elas possuam. Se um ladrão tivesse roubado algumas delas, por que não teria levado as melhores — por que não as teria levado todas? Em resumo, por que teria ele deixado para trás quatro mil francos em ouro para sobrecarregar-se com um monte de roupas? O ouro *foi* abandonado. Quase toda a quantia mencionada por Monsieur Mignaud, o banqueiro, foi encontrada, dentro de sacolas, no chão. Portanto, quero que você tire do pensamento a ideia enganosa de *motivo*, engendrada no cérebro dos policiais por aquela parcela das provas que indicam o dinheiro entregue à porta da casa. Coincidências dez vezes mais estranhas do que essa (a entrega do dinheiro e o assassinato cometido três dias após as partes o terem recebido) acontecem a todos nós em qualquer momento de nossas vidas sem atrair até mesmo uma atenção momentânea. Coincidências, em geral, são grandes empecilhos nos caminhos daquela categoria de pensadores que foram educados sem nada conhecer da teoria das probabilidades — essa teoria à qual os objetos mais gloriosos da pesquisa humana devem as mais gloriosas explicações. No caso atual, se o ouro tivesse desaparecido, o fato de ter sido entregue três dias antes seria algo além de uma coincidência. Esse fato teria corroborado a ideia de um motivo. Porém, nas reais circunstâncias do caso, se supusermos que o ouro tenha sido o motivo desse delito, também temos de imaginar que o criminoso seja um idiota tão hesitante a ponto de ter abandonado o seu ouro e o seu motivo juntos.

"Considerando agora os pontos para os quais chamei sua atenção — aquela voz peculiar, aquela agilidade incomum e aquela espantosa ausência de motivo em um assassinato tão singularmente atroz como esse, analisemos a carnificina em si. Temos aqui uma mulher estrangulada por força manual até a morte e enfiada na chaminé de cabeça para baixo. Assassinos comuns não empregam um modo de assassinato como esse. Menos ainda descartam a vítima desse jeito. Nessa maneira de empurrar o cadáver chaminé acima, você tem de admitir que houve algo de *excessivamente outré* — algo inteiramente irreconciliável com nossas noções comuns do que é a ação humana, mesmo quando supomos que seus autores sejam os mais depravados entre os homens. Pense, também, como deve ter sido poderosa essa força que empurrou o corpo *para cima* de tal abertura com tanto vigor que o esforço conjunto de várias pessoas mal foi suficiente para puxá-lo para *baixo*!

"Contemple, agora, outros indícios do emprego de uma robustez estupenda. Sobre a lareira, havia tranças espessas — tranças muito espessas — de cabelo humano grisalho. Elas foram arrancadas pela raiz. Você tem noção da grande força que é necessária para se arrancar assim da cabeça até mesmo vinte ou trinta fios de cabelo juntos. Você viu as madeixas em questão, tanto quanto eu. As raízes (que visão horrorosa!) estavam presas a pedaços de couro cabeludo ensanguentado — sinal evidente da força prodigiosa que foi exercida na extração de provavelmente meio milhão de fios de cabelo ao mesmo tempo. A garganta da velha senhora não foi apenas cortada, mas a cabeça inteiramente amputada do corpo: o instrumento foi uma simples navalha. Também quero que observe a *brutal* ferocidade desses atos. Das escoriações no corpo de Madame L'Espanaye nem vou falar. Monsieur Dumas e seu digno colaborador, Monsieur Etienne, declararam que elas foram atacadas por um instrumento rombudo; e até aí esses cavalheiros estão corretos. O instrumento rombudo foi claramente a pedra do calçamento do pátio, sobre a qual a vítima caiu da janela em que sua cama estava encostada. Essa ideia, no entanto, por mais simples que agora possa parecer, escapou à polícia pela mesma razão que lhe escapou a largura das venezianas — porque, com a história dos pregos, sua percepção já estava hermeticamente fechada contra a possibilidade de as janelas terem sido abertas de fato.

"Agora se, além de todas essas coisas, você refletiu bem na desordem estranha do quarto, teremos conseguido combinar as ideias de uma agilidade assombrosa, uma força sobre-humana, uma ferocidade brutal, uma carnificina sem motivo, uma *grotesquerie* horrorosa absolutamente discrepante de qualquer humanidade e uma voz de tonalidade estrangeira aos ouvidos de homens de muitas nacionalidades e desprovida de qualquer silabificação distinta ou inteligível. Que resultado, então, sobrevém? Que impressão provoco em sua imaginação?"

Senti um arrepio no corpo quando Dupin me fez essa pergunta. "Um louco," disse, "cometeu esse crime — algum maníaco furioso, que escapou de uma *Maison de Santé*[19] nas redondezas."

"Em alguns aspectos," retrucou ele, "sua ideia não é irrelevante. Mas as vozes dos loucos, mesmo em seus paroxismos mais bárbaros, jamais correspondem à voz peculiar ouvida das escadas. Os loucos sempre pertencem a algum país e sua língua, por mais incoerente que seja em suas palavras, sempre tem a coerência da silabificação. Além do mais, o cabelo de um louco não é como o que

---

[19] Hospício.

estou segurando agora na mão. Desemaranhei este pequeno tufo dos dedos rigidamente apertados de Madame L'Espanaye. Diga-me o que conclui disto."

"Dupin!" disse eu, muito perturbado; "este cabelo é muito incomum — este cabelo não é *humano*."

"Não afirmei que fosse," disse ele; "mas, antes de decidirmos a esse respeito, quero que dê uma olhada no pequeno esboço que tracei neste papel. É um *fac-símile* daquilo que foi descrito em uma parte do testemunho como 'escoriações escuras e profundas marcas de unhas' na garganta de Mademoiselle L'Espanaye e, em outra parte (por Messieurs Dumas e Etienne), como uma 'série de marcas lívidas, evidentemente a marca de dedos.'

"Você perceberá," continuou meu amigo, abrindo o papel na mesa diante de nós, "que este desenho dá a ideia de uma pressão firme e fixa. Não há nenhum deslocamento aparente. Cada dedo manteve — possivelmente até a morte da vítima — sua terrível pressão original. Tente, agora, colocar todos os seus dedos, ao mesmo tempo, nas respectivas impressões assim como as vê."

Fiz a tentativa em vão.

"É possível que não estejamos dando ao assunto uma abordagem justa," disse ele. "O papel está aberto sobre uma superfície plana; mas a garganta humana é cilíndrica. Aqui está um pedaço de madeira, cuja circunferência é mais ou menos a mesma da garganta. Enrole o desenho em volta dele e tente fazer a experiência outra vez."

Fiz o que ele disse; mas a dificuldade era ainda mais óbvia do que antes. "Esta marca," observei, "não é de mão humana."

"Leia agora," replicou Dupin, "este trecho de Cuvier."

Tratava-se de um relato em geral descritivo e com minúcias anatômicas do grande orangotango ruivo das Ilhas Índicas Orientais. A estatura gigantesca, a força e a agilidade prodigiosa, a ferocidade selvagem e as propensões à imitação desses mamíferos são bastante conhecidas de todos. Compreendi de chofre todo o horror desse assassinato.

"A descrição dos dedos," disse eu, quando terminei a leitura, "corresponde perfeitamente a este desenho. Percebo que nenhum outro animal, a não ser um orangotango da espécie aqui mencionada, poderia ter imprimido as indentações que você desenhou. Esse tufo de pelo avermelhado também é de tipo idêntico ao da fera de Cuvier. Mas não consigo compreender os pormenores desse mistério horroroso. Além do mais, duas vozes foram ouvidas na discussão, e uma delas era inquestionavelmente a de um francês."

"É verdade; e você se lembrará de uma expressão atribuída a essa voz de maneira quase unânime, nos depoimentos — a expressão 'mon Dieu!' Nas circunstâncias, ela foi devidamente caracterizada por uma das testemunhas (Montani, o confeiteiro) como um protesto ou uma desaprovação. Sobre essas duas palavras, portanto, construí especialmente minhas esperanças de uma solução completa para o enigma. Um francês sabia do assassinato. É possível — na verdade, muito mais que provável — que ele fosse inocente em toda a participação nos atos sangrentos que ocorreram. O orangotango pode ter-lhe escapado. É possível que o tenha seguido até o quarto; mas, nas circunstâncias agitadas que se seguiram, pode ser que nunca o tenha recapturado. Que ele ainda esteja solto. Não irei prosseguir nessas especulações — não tenho o direito de chamá-las mais do que isso — já que os vestígios de reflexão em que se apoiam mal têm profundidade suficiente para serem avaliados por meu próprio intelecto e que eu não poderia me arriscar a torná-los inteligíveis a outro. Vamos, então, chamá-los especulações e falar deles dessa maneira. Se o francês em questão é de fato, como suponho, inocente dessa atrocidade, este anúncio que coloquei ontem à noite, quando voltávamos para casa, na redação do *Le Monde* (jornal dedicado aos assuntos marítimos e muito procurado por marinheiros), trará essa pessoa até a nossa residência."

Ele me estendeu um papel em que li o seguinte:

CAPTURADO — *No Bois de Boulogne, de manhã cedo no dia* —— (a manhã dos assassinatos), *um enorme orangotango ruivo da espécie de Bornéu. O proprietário (que é certamente um marinheiro e pertence a um navio maltês) pode recuperar o animal caso o identifique satisfatoriamente e pague algumas despesas decorrentes de sua captura e manutenção. Comparecer à Rua* ——, *Faubourg St. Germain, no.* ——, *terceiro andar.*

"Como você conseguiu," perguntei, "saber que o homem é marinheiro e que pertence a um navio maltês?"

"Eu *não* sei," disse Dupin. "Não tenho *certeza* disso. Aqui, porém, está um pequeno pedaço de fita que, a considerar por sua forma e sua aparência sebenta, foi evidentemente utilizado para amarrar o cabelo em um daqueles longos *queues*[20] que tanto agradam aos marinheiros. Além disso, este nó é um daqueles que poucas pessoas sabem amarrar, a não ser os marinheiros, e que é peculiar aos malteses. Encontrei a fita ao pé da haste do para-raios. Ela não poderia ter pertencido a nenhuma das falecidas. Agora, se depois de tudo eu estiver errado ao deduzir, a partir dessa fita, que o francês era um marinheiro proveniente de um navio maltês, mesmo assim não terei feito mal algum ao dizer o que disse no anúncio. Se estiver errado, ele apenas suporá que fui despistado por alguma circunstância que não se dará ao trabalho de examinar. Mas, se estiver certo, terei marcado um bom ponto. Sabendo do crime, embora seja inocente quanto a ele, o francês naturalmente hesitará em responder ao anúncio — em reivindicar o orangotango. Ele pensará assim: — 'Sou inocente; sou pobre; meu orangotango vale muito — para alguém na minha situação, vale uma fortuna — por que é que eu deveria perdê-lo por me preocupar com um perigo sem razão? Ele está aí, ao meu alcance. Foi encontrado no Bois de Boulogne — a uma grande distância da cena daquela carnificina. Como se poderia sequer suspeitar que uma besta brutal tenha cometido o crime? A polícia está perdida — vem falhando em encontrar a menor pista. Mesmo que localizasse o animal, seria impossível provar que sei dos assassinatos ou considerar-me culpado a partir do que sei. E, além de tudo, *eu acabei conhecido*. A pessoa que publicou o anúncio me indica como o dono da fera. Não sei bem até que ponto

---

[20] Rabos de cavalo.

essa pessoa está informada. Se eu não reclamar uma propriedade de tão alto valor, que se sabe que possuo, vou tornar pelo menos o animal passível de suspeita. Não pretendo atrair atenção, nem para mim, nem para ele. Vou atender ao anúncio, buscar o orangotango e mantê-lo por perto até que esse assunto seja esquecido.'"

Nesse instante, ouvimos passos na escada.

"Esteja pronto com as pistolas," disse Dupin, "mas nem as utilize nem as mostre até que eu lhe dê um sinal."

A porta da frente da casa fora deixada aberta e o visitante havia entrado sem tocar a campainha, e havia subido vários degraus da escada. Agora, porém, parecia hesitar. Em seguida, nós o ouvimos descer. Dupin estava se movendo rapidamente para a porta quando mais uma vez o escutamos subir. Ele não retrocedeu uma segunda vez, mas subiu com decisão e bateu na porta de nossa sala.

"Entre," disse Dupin, em um tom alegre e cordial.

Um homem entrou. Um marinheiro, evidentemente — um homem alto, robusto, musculoso, com certa expressão fisionômica ousada e atrevida, não inteiramente desagradável. Seu rosto, muito queimado de sol, estava mais da metade oculto por suíças e um *mustachio*.[21] Carregava consigo um enorme bastão de carvalho, mas, fora isso, parecia estar desarmado. Fez uma reverência desajeitada e desejou-nos uma "boa noite" com sotaque francês que, embora soasse um pouco como aquele que se fala em Neufchâtel, ainda era bastante indicativo de uma origem parisiense.

---

[21] Bigode.

"Sente-se, meu amigo," disse Dupin. "Suponho que você tenha vindo por causa do orangotango. Juro que quase o invejo por possuí-lo; um animal admirável e, sem dúvida, muito valioso. Que idade você supõe que ele tenha?

O marinheiro deu um longo suspiro, com o ar de um homem aliviado de um peso intolerável, e depois respondeu, num tom confiante:

"Não tenho como saber — mas não deve ter mais de quatro ou cinco anos. Ele está aqui com os senhores?"

"Ah, não, não tínhamos recursos para mantê-lo aqui. Ele se encontra em um estábulo de aluguel na Rua Dubourg, aqui perto. Você poderá ir buscá-lo de manhã. Com certeza consegue provar que lhe pertence?"

"Com certeza, senhor."

"Terei pena de me separar dele," disse Dupin.

"Não espero que tenha tido todo esse trabalho por nada, senhor," disse o homem. "Não posso esperar isso. Estou disposto a pagar uma recompensa por ter encontrado o animal — isto é, o que estiver dentro do razoável."

"Bem," respondeu meu amigo, "tudo isso é muito justo, com certeza. Vamos ver! — o que eu deveria pedir? Ah! Vou lhe dizer. Minha recompensa será a seguinte. Você me fornecerá todas as informações que tiver a respeito desses assassinatos na Rua Morgue."

Dupin disse as últimas palavras em um tom bem baixo e bem sereno. Com a mesma serenidade, caminhou até a porta, trancou-a e colocou a chave no bolso. Tirou então uma pistola do peito e colocou-a, sem a menor alteração, em cima da mesa.

O rosto do marinheiro corou como se ele estivesse fazendo um esforço para não se sufocar. Pôs-se de pé de um salto e agarrou seu bastão, mas em seguida caiu de volta no assento, tremendo violentamente, com o semblante da própria morte. Não disse uma palavra. Tive pena dele, do fundo do coração.

"Meu amigo," disse Dupin, com gentileza, "o senhor está ficando apavorado sem necessidade — está mesmo. Não temos intenção alguma de lhe fazer mal. Juro pela minha honra de cavalheiro e de cidadão francês que não pretendemos prejudicá-lo. Sei perfeitamente bem que é inocente das atrocidades da Rua Morgue. Mas também de nada serve negar que esteja implicado nelas de certo modo. A partir do que eu já disse, o senhor deve saber que tenho fontes de informação a respeito desse assunto — fontes com as quais o senhor nem sequer sonharia. Agora a situação é a seguinte. O senhor nada fez que pudesse ter evitado — nada, certamente, que o torne culpado. Não é nem sequer culpado de roubo, quando poderia ter roubado com impunidade. Nada tem a esconder. Não tem motivos para se esconder. Em compensação, de acordo com todos os princípios da honra, tem a obrigação de confessar tudo o que sabe. Um inocente está agora na cadeia, acusado desse crime cujo responsável o senhor é capaz de apontar."

O marinheiro havia recuperado, em grande parte, a presença de espírito, enquanto Dupin dizia essas palavras; mas sua atitude inicial de ousadia havia desaparecido.

"Que Deus me ajude!" disse ele, após uma breve pausa, "Eu quero *contar* a vocês tudo o que sei desse assunto; —

mas não espero que acreditem em metade do que vou dizer — na verdade seria um tolo se esperasse isso. Ainda assim, *sou* inocente, e vou fazer um relato honesto nem que morra por causa disso."

O que ele contou, substancialmente, foi o seguinte. Há pouco tempo, havia feito uma viagem ao Arquipélago Índico. Um grupo do qual fazia parte desembarcou em Bornéu e partiu para o interior em uma excursão de lazer. Ele próprio e um companheiro haviam capturado o orangotango. Como esse companheiro morreu, o animal ficou sendo exclusivamente seu. Depois de muitas dificuldades ocasionadas pela ferocidade intratável de seu prisioneiro durante a viagem de volta, ele finalmente conseguiu alojá-lo em segurança em sua própria residência em Paris, onde, de modo a não atrair para si a curiosidade desagradável dos vizinhos, manteve-o cuidadosamente confinado, esperando que ele viesse a se recuperar de um ferimento no pé, provocado por uma lasca de madeira a bordo do navio. Seu propósito final era vendê-lo.

Ao voltar para casa após uma noitada com os marinheiros, ou seja, na manhã do crime, ele encontrou o animal ocupando o seu quarto, no qual entrara a partir de um cubículo adjacente, onde havia estado, como ele imaginava, confinado em segurança. Com uma navalha na mão e inteiramente ensaboado, estava sentado diante de um espelho, ensaiando a operação de barbear-se, na qual havia sem dúvida flagrado antes o dono pelo buraco da fechadura do cubículo. Aterrorizado pela visão de uma arma tão perigosa na posse de animal tão feroz e tão apto a utilizá-la, o homem, por alguns instantes, ficou sem saber o que fazer. Porém, ele já sabia como aquietar a criatura, mesmo em seus ânimos mais violentos, utilizando um chicote, e a isso tratou então de recorrer. Ao ver o chicote, o orangotango imediatamente saltou pela porta do quarto, desceu as escadas e, de lá, por uma janela infelizmente aberta, saiu à rua.

O francês seguiu em desespero; o gorila, com a navalha ainda na mão, parava de quando em quando, olhava para trás e gesticulava para o seu perseguidor, até que este quase o alcançasse. Então, fugia outra vez. Assim a perseguição continuou por muito tempo. As ruas estavam em profundo silêncio, pois eram quase três horas da manhã. Ao descer uma viela que fica atrás da Rua Morgue, a atenção do fugitivo foi atraída por uma luz brilhante que provinha da janela aberta do aposento de Madame L'Espanaye, no quarto andar de sua casa. Correndo até o edifício, ele percebeu a haste do para-raios, subiu por ela com inconcebível agilidade, agarrou a veneziana, que foi inteiramente lançada contra a parede e, por meio dela, balançou-se direto até a cabeceira da cama. A façanha toda não levou mais que um minuto. A veneziana foi novamente escancarada pelo orangotango quando ele entrou no quarto.

O marinheiro, nesse meio tempo, sentiu-se ao mesmo tempo animado e perplexo. Tinha então grandes esperanças de recapturar o animal, já que este dificilmente poderia escapar da armadilha em que se metera, a não ser pelo para-raios, onde poderia ser interceptado ao descer. Em compensação, havia muito motivo para ansiedade quanto ao que ele poderia fazer dentro da casa. Essa última reflexão impelia ainda mais o homem a seguir o fugitivo. Não é difícil subir por uma haste de para-raios, principalmente para um marinheiro; mas, quando ele chegou à altura da janela, que ficava fora de seu alcance à esquerda, teve de interromper a perseguição; o máximo que conseguia alcançar bastava apenas para lançar um olhar ao interior do aposento. A um relance, quase caiu lá de cima tamanho foi seu horror. Foi então que aqueles gritos horrendos se elevaram na noite, despertando do sono os moradores da Rua Morgue. Madame L'Espanaye e a filha, vestidas com roupa de dormir, aparentemente tinham estado ocupadas arrumando alguns papéis na mencionada cômoda de ferro com rodas, que haviam empurrado para o meio da sala. Ela estava aberta e seu conteúdo encontrava-se ao lado, no chão. As vítimas deviam estar sentadas de costas para a janela; e, considerando-se o tempo decorrido entre a entrada do animal e os gritos, parece provável que não o tenham percebido de imediato. A batida da veneziana naturalmente deve ter sido atribuída ao vento.

Quando o marinheiro olhou lá dentro, o gigantesco animal havia agarrado Madame L'Espanaye pelos cabelos (que estavam soltos, pois ela os estivera penteando) e estava meneando a navalha em seu rosto, imitando os movimentos de um barbeiro. A filha jazia prostrada e imóvel; havia desmaiado. Os gritos e os movimentos de luta da velha senhora (durante os quais seu cabelo lhe foi arrancado da cabeça) tiveram o efeito de transformar os propósitos provavelmente pacíficos do orangotango em cólera. Com um puxão determinado de seu braço musculoso, ele quase lhe separou a cabeça do corpo. A visão do sangue inflamou sua raiva e a transformou em furor. Rangendo os dentes e com os olhos faiscando, ele se lançou sobre o corpo da moça e enterrou as pavorosas garras em sua garganta, mantendo a pressão até que ela expirou. Seus olhares errantes e desvairados pousaram então na cabeceira da cama, acima da qual o rosto do dono, rígido de horror, mal se discernia. A fúria do animal, que sem dúvida ainda tinha em mente o temível chicote, converteu-se instantaneamente em medo. Consciente de merecer punição, ele parecia querer esconder seus atos sangrentos e saltou pelo quarto numa agonia de agitação nervosa, derrubando e quebrando a mobília ao mover-se e separando o estrado da cabeceira da cama. Para concluir, ele agarrou primeiro o corpo da filha e o empurrou pela chaminé, tal como foi encontrado; depois, o da senhora, que imediatamente atirou pela janela de cabeça para baixo.

Quando o gorila se aproximou da janela com seu fardo mutilado, o marinheiro encolheu-se amedrontado junto ao para-raios e, mais deslizando que descendo por ele, correu imediatamente para casa — temendo as consequências da carnificina e abandonando de bom grado, em seu terror, todo o interesse pelo destino do orangotango. As palavras ouvidas pelo grupo nas escadas foram as exclamações de horror e de pânico do francês, combinadas à algaravia diabólica do animal.

Pouco tenho eu a acrescentar ao ocorrido. O orangotango deve ter escapado do quarto, pelo para-raios, pouco antes de arrombarem a porta. Deve ter fechado a janela ao passar por ela. Posteriormente, acabou sendo capturado pelo próprio dono, que obteve por ele uma alta quantia no *Jardin des Plantes*. Le Bon foi imediatamente solto, quando relatamos as circunstâncias (com alguns comentários de Dupin) no gabinete do Chefe de Polícia. Já este funcionário, embora manifestasse uma inclinação favorável ao meu amigo, não conseguiu ocultar inteiramente a sua humilhação com o desenrolar dos acontecimentos e não deixou de soltar um ou dois comentários sarcásticos relativos à conveniência de cada um cuidar da própria vida.

"Deixe que fale," disse Dupin, que não considerou necessário retrucar. "Deixe que faça o seu discurso; isso aliviará sua consciência. Eu me dou por satisfeito em tê-lo derrotado no seu próprio território. No entanto, que tenha fracassado na resolução desse mistério não é razão para tanto espanto como ele supõe; pois, na verdade, nosso amigo Chefe de Polícia é de algum modo esperto demais para ser profundo. Sua sabedoria não tem arcabouço. Ela é toda cabeça sem corpo, como os quadros da deusa Laverna — ou, no melhor dos casos, só cabeça e ombros, como um bacalhau. Mas ele é uma boa criatura, no fim das contas. Gosto dele, especialmente por ser mestre em conversa fiada, o que lhe angariou a reputação de sagacidade. Refiro-me ao jeito que ele tem '*de nier ce qui est, et d'expliquer ce qui n'est pas.*'"[22]

---

[22] "para negar o que é e explicar o que não é." [N. T.]. Rousseau — *Nouvelle Heloïse*.

O MISTÉRIO DE MARIE ROGET*

* Por ocasião da publicação original de "Marie Roget", as notas de rodapé agora anexadas foram consideradas desnecessárias; mas o decorrer de vários anos desde a tragédia na qual o conto se baseia torna conveniente fornecê-las, e também acrescentar algumas palavras para explicar o conceito geral. Uma moça, *Mary Cecilia Rogers*, foi assassinada na vizinhança de Nova York; e, embora sua morte tenha causado uma comoção intensa e duradoura, o mistério que a cercou permaneceu sem solução na época em que a presente obra foi escrita e publicada (novembro de 1842). Aqui, sob o pretexto de narrar o destino de uma *grisette* parisiense, o autor segue em detalhes minuciosos os fatos essenciais, enquanto traça um leve paralelo com os fatos não essenciais do real assassinato de Mary Rogers. Assim, todos os argumentos encontrados na ficção são aplicáveis à verdade: e a investigação da verdade era o propósito.

O "Mistério de Marie Roget" foi composto longe da cena da atrocidade e sem outro recurso de investigação a não ser o que traziam os jornais. Portanto, muita coisa escapou ao autor que poderia ter sido utilizada se ele tivesse estado no local do crime e visitado os lugares envolvidos. Talvez seja apropriado registrar, entretanto, que as confissões de *duas* pessoas, (uma delas Madame Deluc, presente na narrativa), feitas em períodos diferentes muito depois da publicação, confirmaram, na íntegra, não apenas a conclusão geral, mas absolutamente todos os principais detalhes hipotéticos de acordo com os quais essa conclusão foi alcançada.

UMA SEQUÊNCIA DE "OS ASSASSINATOS NA RUA MORGUE"

E s giebt eine Reihe idealischer Begebenheiten, die der Wirklichkeit parallel lauft. Selten fallen sie zusammen. Menschen und zufalle modificiren gewohulich die idealische Begebenheit, so dass sie unvollkommen erscheint, und ihre Folgen gleichfalls unvollkommen sind. So bei der Reformation; statt des Protestantismus kam das Lutherthum hervor.

Há séries de eventos ideais que correm em paralelo com as reais. Elas raramente coincidem. Os homens e as circunstâncias geralmente modificam o encadeamento ideal de eventos, de modo que ele parece imperfeito; e suas consequências são igualmente imperfeitas. Foi assim com a Reforma; em vez do Protestantismo, veio o Luteranismo.—*Novalis.*[1] *Moral Ansichten.*

---

[1] O *nom de plume* de Von Hardenburg. (N. A.)

Há poucos indivíduos, mesmo entre os pensadores mais tranquilos, que nunca foram surpreendidos vez ou outra por uma semicrença vaga mas estimulante no sobrenatural, por causa de *coincidências* tão ostensivamente maravilhosas que o intelecto não é capaz de apreendê-las como *simples* coincidências. Essas sensações — pois as semicrenças a que me refiro nunca têm a plena força do *pensamento* — essas sensações raras vezes são inteiramente extintas, exceto por referência à doutrina do acaso, ou, como é tecnicamente denominada, ao Cálculo das Probabilidades. Ora, esse Cálculo é, em sua essência, puramente matemático; e assim temos a anomalia daquilo que é mais rigidamente exato na ciência aplicado à sombra e à espiritualidade do que é mais intangível na especulação.

Os detalhes extraordinários que agora sou instado a tornar públicos formam, em relação à sequência de tempo, como se perceberá, o ramo primário de uma série de *coincidências* pouco inteligíveis, cujo ramo secundário ou concludente será reconhecido por todos os leitores no recente assassinato de **MARY CECILIA ROGERS**, em Nova York.

Quando, em um artigo intitulado *Os Assassinatos na Rua Morgue*, tentei, há cerca de um ano, descrever alguns aspectos marcantes do caráter mental de meu amigo, o Chevalier C. Auguste Dupin, jamais me ocorreu que eu viesse a retomar esse assunto. Essa descrição de caráter constituiu meu objetivo; e esse objetivo foi plenamente alcançado no encadeamento brutal das circunstâncias apresentadas para exemplificar a idiossincrasia de Dupin. Eu poderia ter mencionado outros exemplos, mas não teria provado mais nada além disso. Eventos posteriores, entretanto, em seu surpreendente desenrolar, arrebataram-me e me levaram a buscar mais detalhes, que trarão consigo um ar de confissão extorquida. Ao ouvir o que ouvi recentemente, seria de fato estranho que eu permanecesse em silêncio com relação àquilo que ouvi e vi muito tempo atrás.

Com o desfecho da tragédia envolvida nas mortes de Madame L'Espanaye e de sua filha, o Chevalier logo tirou aquele caso da cabeça e voltou ao seu velho hábito de devaneios melancólicos. Propenso o tempo todo à abstração, prontamente entrei em compasso com seu humor; e, ocupando ainda nossos aposentos no Faubourg Saint Germain, deixamos o Futuro ao sabor do vento, e modorramos tranquilamente no Presente, tecendo o mundo opaco ao nosso redor para fabricar sonhos.

Mas esses sonhos não foram completamente ininterruptos. Pode-se obviamente supor que o papel desempenhado por meu amigo no drama da Rua Morgue não deixou de impressionar a imaginação da polícia parisiense. Junto a seus agentes, o nome de Dupin havia se transformado em uma palavra familiar. Como o caráter simples das induções a partir das quais ele havia desvendado o mistério nunca foi explicado nem mesmo ao Chefe de Polícia ou a qualquer outro indivíduo exceto a mim, não é de surpreender que o caso tenha sido considerado quase miraculoso, ou que as habilidades analíticas do Chevalier lhe tenham angariado a fama de ser intuitivo. Sua franqueza o teria levado a desapontar todo aquele que indagasse acerca desse preconceito; mas seu humor indolente impedia qualquer outra reverberação de um assunto cujo interesse havia cessado para ele há muito tempo. E assim foi que ele se encontrou no centro da atenção da polícia; e não foram poucas as vezes em que tentaram contratar seus serviços na Chefatura. Um dos exemplos mais notáveis foi o do assassinato de uma jovem chamada Marie Rogêt.

Esse evento ocorreu cerca de dois anos após as atrocidades da Rua Morgue. Marie, cujo nome e sobrenome chamam a atenção de imediato graças à semelhança com aqueles da desafortunada "moça do charuto", era a filha única da viúva Estelle Rogêt. O pai havia falecido quando ela ainda era muito pequena e, desde então até dezoito meses antes do assassinato que constitui o assunto de nossa narrativa, mãe e filha haviam morado juntas na Rua Pavée Saint Andrée;[2] Madame mantinha ali uma *pension*, auxiliada por Marie. As coisas vinham assim se passando até quando esta completou vinte e dois anos e sua grande beleza atraiu a atenção de um perfumista que ocupava uma das lojas no subsolo do Palais Royal e cujos clientes encontravam-se principalmente entre os aventureiros desesperados que infestavam aquela vizinhança. Monsieur Le Blanc[3] não desconhecia as vantagens a serem obtidas com a presença da bela Marie em sua perfumaria; e suas propostas generosas foram avidamente aceitas pela moça, embora com um pouco mais de hesitação da parte de Madame.

---

[2] Nassau Street.
[3] Anderson.

As previsões do comerciante se concretizaram e seus salões logo se tornaram notórios graças aos encantos da alegre *grisette*.⁴ Ela vinha trabalhando como sua funcionária havia cerca de um ano quando os admiradores de Marie ficaram perplexos com o seu repentino desaparecimento da loja. Monsieur Le Blanc não foi capaz de explicar aquela ausência, e Madame Rogêt ficou aturdida com ansiedade e terror. Os jornais imediatamente passaram a tratar do assunto e a polícia estava a ponto de fazer uma investigação séria, quando, em uma bela manhã, depois de uma semana, Marie, em boa saúde, mas com um ar um pouco entristecido, reapareceu em seu balcão costumeiro na perfumaria. Todas as investigações, exceto uma de natureza particular, foram, é claro, imediatamente abafadas. Monsieur Le Blanc jurava total ignorância, como antes. Marie, ao lado de Madame, respondeu a todas as perguntas, afirmando que a última semana havia sido passada na casa de um parente do interior. Assim, o caso acabou morrendo e foi de modo geral esquecido; pois a jovem, ostensivamente, para se livrar de curiosidades impertinentes, logo despediu-se do perfumista com um adeus final e buscou abrigo na residência da mãe, na Rua Pavée Saint Andrée.

Foi cerca de cinco meses após esse regresso ao lar que os amigos de Marie ficaram alarmados com seu segundo desaparecimento repentino. Três dias se passaram e nada de notícias dela. No quarto dia, o cadáver foi encontrado

---

⁴ *Grisette* Na França, uma moça da classe trabalhora.

flutuando no Sena,[5] perto da margem oposta ao Quartier da Rua Saint Andrée, e num local não muito distante da isolada vizinhança da Barrière du Roule.[6]

A atrocidade desse assassinato (pois logo ficou evidente que um assassinato havia sido cometido), a juventude e a beleza da vítima, e, acima de tudo, sua prévia notoriedade, conspiraram para produzir uma intensa comoção na mente dos sensíveis parisienses. Não consigo recordar nenhuma outra ocorrência semelhante que produzisse um efeito tão generalizado e tão intenso. Por várias semanas, na discussão desse tema tão absorvente, até mesmo os importantes tópicos políticos do dia foram esquecidos. O Chefe de Polícia fez esforços incomuns; e a capacidade de toda a polícia parisiense, é evidente, foi exigida ao máximo.

Assim que o cadáver foi descoberto, não se supôs que o assassino pudesse escapar, a não ser por um período muito curto, à inquisição que foi imediatamente posta em marcha. Apenas uma semana depois é que se julgou necessário oferecer uma recompensa; e mesmo então essa recompensa ficou limitada a mil francos. Nesse ínterim, a investigação prosseguia com vigor, nem sempre com discernimento, e vários indivíduos eram interrogados sem propósito, enquanto a comoção popular aumentava em grande escala por causa da ausência prolongada de qualquer pista relativa ao mistério. Ao final do décimo dia, julgou-se aconselhável dobrar a soma proposta

---

[5] O Hudson.
[6] Weehawken.

inicialmente; e, por fim, passada a segunda semana sem quaisquer descobertas, e o preconceito que sempre existe em Paris contra a polícia tendo se manifestado em várias émeutes[7] sérias, o Chefe de Polícia resolveu oferecer a quantia de vinte mil francos "para a denúncia do assassino", ou, se mais de uma pessoa provasse estar implicada, "para a denúncia de qualquer um dos assassinos". No anúncio que estabeleceu essa recompensa, um perdão completo foi prometido a qualquer cúmplice que se apresentasse para testemunhar contra o comparsa; e ao conjunto foi acrescentado, em todos os lugares onde ele aparecia, outro anúncio particular de um comitê de cidadãos oferecendo dez mil francos além do montante proposto pela Chefatura de Polícia. A recompensa total, portanto, somava nada menos que trinta mil francos, uma importância extraordinária quando consideramos a condição humilde da jovem e a grande frequência, nas cidades grandes, de atrocidades como a descrita aqui.

Ninguém duvidava agora de que o mistério desse assassinato seria imediatamente desvendado. Mas, embora, em um ou dois casos, tenham ocorrido detenções que prometiam elucidação, nada se esclareceu que pudesse implicar os suspeitos e eles foram liberados sem demora. Por mais estranho que possa parecer, já havia decorrido a terceira semana desde a descoberta do corpo sem que qualquer luz fosse lançada sobre o assunto, e nem mesmo um rumor dos acontecimentos que tanto agitaram a imaginação do público chegou aos ouvidos de Dupin e

---

[7] Manifestações populares.

aos meus. Envolvidos que estávamos em pesquisas que haviam absorvido toda a nossa atenção, fazia quase um mês que nenhum de nós saía de casa, ou recebia uma visita, ou dava uma olhada nos principais artigos políticos em um dos jornais quotidianos. A primeira informação do assassinato nos foi trazida por G——, em pessoa. Ele chegou no início da tarde do dia treze de julho de 18— e ficou conosco até altas horas. Estava exasperado com o fracasso de todas as suas tentativas para desentocar os assassinos. Sua reputação — assim disse com um ar peculiarmente parisiense — estava em jogo. Até mesmo sua honra estava em xeque. Os olhos do povo estavam em cima dele; e, de fato, não havia sacrifício que não estivesse disposto a fazer para resolver o mistério. Concluiu um discurso um tanto singular com um elogio sobre aquilo que se comprazia em denominar o *tato* de Dupin e fez-lhe uma proposta direta e certamente generosa, cuja natureza exata não tenho a liberdade de divulgar, mas que não tem importância para o assunto propriamente dito de minha narrativa.

    O elogio, meu amigo refutou-o da melhor forma possível; mas a proposta, aceitou-a de imediato, embora suas vantagens fossem inteiramente provisórias. Esclarecido esse ponto, o Chefe de Polícia logo desandou a dar explicações sobre suas próprias opiniões, intercalando-as com longos comentários sobre as provas, das quais ainda não dispúnhamos. Ele discursou longamente e, sem dúvida, com conhecimento de causa; eu arriscava uma sugestão ocasional enquanto a noite avançava sonolenta. Dupin, sentado firmemente em sua costumeira poltrona, era a imagem da atenção respeitosa. Ele usou óculos durante toda a entrevista; e uma espiadela ocasional sob as lentes verdes bastou para me convencer de que dormia bem profundamente, pois manteve-se em silêncio durante todas as sete ou oito pesadas horas que antecederam imediatamente a partida do Chefe.

Na manhã seguinte, obtive, na Chefatura, um relato completo de todas as provas recolhidas e, nas várias redações dos jornais, uma cópia de qualquer jornal em quetivesse sido publicada, do começo ao fim, qualquer informação decisiva relacionada a esse triste caso. Eliminando tudo o que havia sido de fato refutado, esse conjunto de informações consistia no seguinte:

Marie Rogêt deixou a residência da mãe, na Rua Pavée St. Andrée, por volta das nove horas da manhã de domingo, vinte e dois de junho de 18—. Ao sair, falou a um certo Monsieur Jacques St. Eustache,[8] e apenas a ele, de sua intenção de passar o dia com uma tia que morava na Rua des Drômes. A Rua des Drômes é uma via curta e estreita, mas populosa, não muito longe das margens do rio, e que fica a uma distância de cerca de três quilômetros, em linha reta, da *pension* de Madame Rogêt. St. Eustache era o pretendente aceito de Marie, e hospedava-se e fazia as refeições na *pension*. Ele deveria ir buscar sua prometida ao entardecer e acompanhá-la até em casa. No período da tarde, contudo, caiu uma chuva forte e, supondo que ela passaria a noite toda na casa da tia (como já havia feito antes em circunstâncias semelhantes), ele

---

[8] Payne.

não achou necessário manter a promessa. À medida que a noite avançava, Madame Rogêt (que era uma senhora enferma, com setenta anos de idade) manifestou o medo de "que nunca mais veria Marie novamente"; mas essa observação atraiu pouca atenção naquele momento.

Na segunda-feira, verificou-se que a moça não havia estado na Rua des Drômes e, quando o dia passou sem notícias dela, organizou-se uma busca tardia em vários pontos da cidade e nos arredores. Mas apenas no quarto dia depois do desaparecimento é que se verificou algo de satisfatório a seu respeito. Nesse dia (quarta-feira, vinte e cinco de junho), um certo Monsieur Beauvais,[9] que, junto com um amigo andara fazendo investigações em busca de Marie perto da Barrière du Roule, na margem do Sena que fica do lado oposto à Rua Pavée St. Andrée, recebeu a informação de que um cadáver acabara de ser rebocado para terra firme por uns pescadores que o haviam encontrado flutuando no rio. Ao ver o corpo, Beauvais, após alguma hesitação, identificou-o como sendo o da moça da perfumaria. Seu amigo o reconheceu mais prontamente.

O rosto estava coberto de sangue escuro, parte dele saindo da boca. Não havia espuma, como é o caso dos que simplesmente se afogam. Não havia descoloração do tecido celular. Perto da garganta havia hematomas e marcas de dedos. Os braços estavam dobrados sobre o peito e estavam rígidos. A mão direita estava cerrada; a esquerda, parcialmente aberta. Sobre o punho esquerdo havia duas escoriações circulares, aparentemente o efeito

---

[9] Crommelin.

de cordas ou de uma corda dando mais de uma volta. Uma parte do pulso direito, também, estava muito escoriada, assim como o dorso em toda a sua extensão, mas, mais especificamente, as omoplatas. Ao trazer o corpo até a margem, os pescadores haviam amarrado uma corda nele; mas nenhuma das escoriações havia sido causada por esse ato. A carne do pescoço estava muito intumescida. Não havia cortes aparentes ou hematomas que parecessem resultado de golpes. Encontrou-se um pedaço de renda amarrado de forma tão apertada ao redor do pescoço que não se podia vê-lo; estava completamente enterrado na carne e preso com um nó logo abaixo da orelha esquerda. Só isso já teria bastado para ocasionar a morte. O relatório médico falava com confiança do carácter virtuoso da falecida. Ela havia sido submetida, dizia, a uma violência brutal. O cadáver estava em tal condição ao ser encontrado que poderia facilmente ser reconhecido pelos amigos.

O vestido estava muito rasgado e deveras desalinhado. No traje de cima, uma tira com cerca de trinta centímetros de largura havia sido rasgada da barra inferior até a cintura, mas não fora arrancada. Estava enrolada três vezes ao redor da cintura e presa por um tipo de fecho nas costas. O vestido logo abaixo desse traje era de delicada musselina; e, dele, uma faixa de aproximadamente quarenta e cinco centímetros havia sido completamente arrancada — arrancada de modo muito uniforme e com grande cuidado. Ela foi encontrada em volta do pescoço, enrolada frouxamente e presa por um nó apertado. Sobre essa faixa de musselina e o pedaço de renda, estavam amarrados os cordões de uma touca; esta estava pendurada. O nó que prendia os cordões da touca não era do tipo que é feito por uma mulher, mas um nó corrediço ou nó de marinheiro.

Depois que o cadáver foi reconhecido, ele não foi levado, como de hábito, para o Necrotério (sendo essa formalidade supérflua), mas enterrado às pressas perto da margem para onde havia sido levado. Por meio das ingerências de Beauvais, o assunto foi cuidadosamente abafado, na medida do possível; e passaram-se vários dias antes que que surgisse qualquer emoção pública. Um semanário,[10] entretanto, levantou por fim o assunto; o cadáver foi exumado e um novo exame foi feito; mas nada além do que já havia sido observado foi esclarecido. Os trajes, contudo, foram apresentados à mãe e aos amigos da falecida nessa ocasião, e todos foram identificados como os que a jovem vestia ao sair de casa.

Nesse meio tempo, a comoção aumentava a cada hora. Vários indivíduos foram detidos e liberados. St. Eustache, em particular, passou a ser suspeito e não conseguiu, de início, fazer um relato inteligível de seu paradeiro durante o domingo em que Marie saiu de casa. Posteriormente, no entanto, apresentou a Monsieur G—— declarações juramentadas, dando conta de modo satisfatório de cada hora do dia em questão. À medida que o tempo passava e nada se descobria, milhares de boatos contraditórios circulavam e os jornalistas ocupavam-se com *sugestões*. Dentre essas, a que atraiu maior visibilidade foi a ideia de

---

[10] *Mercury* de Nova York.

que Marie Rogêt ainda estaria viva — de que o cadáver encontrado no Sena seria o de alguma outra infeliz. Convém que eu apresente ao leitor alguns trechos que incorporam a sugestão mencionada. Esses trechos são traduções *literais* do *L'Etoile*,[11] um jornal administrado, em geral, com grande competência.

"Mademoiselle Rogêt deixou a casa da mãe na manhã de domingo, vinte e dois de junho de 18—, com o propósito declarado de visitar uma tia, ou algum outro conhecido, na Rua des Drômes. A partir dessa hora, ninguém tem provas de tê-la visto. Não há qualquer rastro ou notícia dela. * * * Ninguém se apresentou, até esse momento, afirmando tê-la visto naquele dia, após ela ter saído da casa da mãe. * * * Ora, embora não tenhamos prova de que Marie Rogêt estava na terra dos vivos depois das nove horas de domingo, vinte e dois de junho, temos prova de que, até essa hora, ela estava viva. Ao meio-dia de quarta--feira, um corpo de mulher foi descoberto flutuando às margens da Barrière du Roule. Mesmo se presumirmos que Marie Rogêt tenha sido atirada no rio até três horas depois de ter deixado a casa da mãe, isso ocorreu apenas três dias a partir do momento em que saiu de casa — três dias, com margem de uma hora. Mas é tolice supor que o assassinato, se é que de fato foi cometido um assassinato, pudesse ter sido consumado com rapidez suficiente para permitir que os assassinos atirassem o corpo no rio antes

---

[11] *Brother Jonathan*, de Nova York, editado por H. Hastings Weld, Esq.

da meia-noite. Aqueles que cometem crimes assim horríveis preferem a escuridão à luz. * * * Desse modo, vemos que, se o corpo encontrado no rio *era de fato* o de Marie Rogêt, ele poderia ter estado na água apenas dois dias e meio, ou três, no máximo. A experiência demonstra que os corpos afogados ou os corpos atirados na água imediatamente após uma morte violenta precisam de seis a dez dias para se decompor o suficiente a fim de subir à tona. Mesmo que um canhão seja disparado sobre um cadáver e ele flutue antes de pelo menos cinco ou seis dias de imersão, ele afundará de novo se não houver interferência. Agora, perguntamos, o que houve nesse caso para provocar um desvio do curso normal da natureza? * * * Se o corpo tivesse sido mantido em terra em seu estado dilacerado até a noite de terça-feira, algum vestígio dos assassinos teria sido encontrado ali. Também é um ponto duvidoso se o corpo flutuaria tão cedo, mesmo se fosse atirado no rio dois dias após a morte. E, além disso, é muito improvável que qualquer vilão que cometesse um assassinato como o que aqui se supõe tivesse jogado o corpo na água sem usar um peso para afundá-lo, quando seria fácil ter tomado essa precaução".

O editor então prossegue argumentando que o corpo devia ter estado na água "não apenas três dias, mas, pelo menos, cinco vezes três dias", pois estava tão decomposto que Beauvais teve grande dificuldade para reconhecê-lo. Esse último argumento, entretanto, foi totalmente refutado. Continuo a traduzir:

"Quais são, então, os fatos que levam M. Beauvais a afirmar que não tem dúvida de que o corpo era o de

Marie Rogêt? Ele rasgou a manga do vestido e diz que encontrou marcas que o satisfizeram acerca da identidade. O público supôs de modo geral que essas marcas consistiam em algum tipo de cicatriz. Ele esfregou o braço e nele encontrou *pelos* — algo indefinido, acreditamos, como logo se pode imaginar — tão pouco conclusivo como encontrar um braço dentro da manga. M. Beauvais não voltou aquela noite, mas enviou um recado a Madame Rogêt, às sete horas, na noite de quarta-feira, dizendo que uma investigação acerca de sua filha ainda estava em andamento. Se presumirmos que Madame Rogêt, devido à sua idade e à sua dor, não poderia comparecer (o que é presumir muita coisa), com certeza alguém poderia imaginar que valeria a pena comparecer e presenciar a investigação, se pensasse que o corpo era o de Marie. Ninguém compareceu. Nada foi dito ou ouvido sobre o assunto na Rua Pavée St. Andrée que chegasse sequer até os ocupantes do mesmo prédio. M. St. Eustache, o namorado e futuro marido de Marie, que era pensionista na casa da mãe dela, depôs que não soube da descoberta do corpo de sua prometida até a manhã seguinte, quando M. Beauvais entrou em seu aposento e lhe contou. Para uma notícia como essa, julgamos que foi recebida com muita frieza".

Dessa forma, o jornal tentou criar a impressão de apatia por parte dos parentes de Marie, incongruente com a suposição de que tais parentes acreditavam que o cadáver fosse o dela. Suas insinuações remontam a isto: que Marie, com a conivência de amigos, havia se ausentado da cidade por motivos envolvendo uma acusação contra sua castidade; e que esses amigos, por ocasião da descoberta de um cadáver no Sena que de alguma forma se assemelhava à jovem, tinham aproveitado a oportunidade para impressionar o público com a crença em sua morte. Mas o *L'Etoile* de novo precipitou-se. Foi claramente provado que não se tratava de apatia, como havia sido imaginado; que a velha senhora estava extremamente debilitada e tão agitada que era incapaz de cumprir qualquer dever; que St. Eustache, longe de receber a notícia com frieza, ficara aturdido de dor e comportara-se de modo tão frenético que M. Beauvais pedira a um amigo e parente para cuidar dele e impedira que ele comparecesse ao exame no momento da exumação. Além disso, embora o *L'Etoile* houvesse declarado que o cadáver havia sido enterrado novamente às custas do povo; que a oferta generosa de uma sepultura particular havia sido terminantemente recusada pela família; e que nenhum de seus membros tinha estado presente na cerimônia; — embora, digo eu, tudo isso tenha sido afirmado pelo *L'Etoile* para fomentar a impressão que pretendia transmitir —*tudo* isso, entretanto, foi satisfatoriamente refutado. Em uma edição subsequente do jornal, houve uma tentativa de lançar suspeitas sobre o próprio Beauvais. Diz o editor:

"Agora, então, ocorre uma mudança em relação ao assunto. Dizem que, em determinada ocasião, enquanto certa Madame B—— encontrava-se na casa de Madame Rogêt, M. Beauvais, que estava de saída, disse-lhe que estava aguardando a chegada de um *gendarme*, e que ela, Madame B., não deveria dizer nada ao *gendarme* até ele voltar, mas que deixasse esse assunto com ele. * * * No atual estado das coisas, M. Beauvais parece ter todo o assunto orquestrado dentro da cabeça. Não se pode dar um passo sem a interferência de M. Beauvais, pois, não importa para que lado se vá, acaba-se topando com ele. * * * Por alguma razão, M. Beauvais determinou que ninguém deve se envolver com o processo exceto ele, e afastou para longe os parentes do sexo masculino de uma maneira muito inusitada, conforme declararam. Ele parece não querer permitir que os parentes vejam o corpo".

O fato seguinte deu algum peso à suspeita assim lançada sobre Beauvais. Um visitante havia visitado o seu escritório alguns dias antes do desaparecimento da jovem e, durante a ausência de seu ocupante, havia observado *uma rosa* na fechadura da porta e o nome "*Marie*" escrito sobre uma lousa pendurada à altura da mão.

A impressão geral, na medida em que nos era possível avaliá-la a partir dos jornais, parecia ser de que Marie havia sido vítima de um bando de malfeitores — que, pelas suas mãos, ela havia sido levada até o outro lado do rio, vilipendiada e assassinada. Contudo, o *Le Commerciel*,[12] um jornal de grande influência, foi taxativo ao combater essa ideia popular. Cito aqui um trecho ou dois de suas colunas:

"Estamos convencidos de que a busca até o momento seguiu um falso rastro, pois esteve direcionada para a Barrière du Roule. É impossível que alguém tão conhecido por milhares de pessoas, como era essa jovem, tivesse passado por três quarteirões sem que ninguém a visse; e

---

[12] *Journal of Commerce*, de Nova York.

qualquer um que a visse teria se lembrado disso, pois ela despertava interesse em todos os que a conheciam. Ela saiu quando as ruas estavam cheias de gente. * * * É impossível que tivesse ido até a Barrière du Roule, ou até a Rua des Drômes, sem ter sido reconhecida por uma dúzia de pessoas; no entanto, ninguém se apresentou afirmando tê-la visto fora da casa da mãe, e não há prova, exceto o testemunho envolvendo suas *intenções declaradas*, de que ela de fato saiu de casa. Seu vestido estava rasgado, enrolado em torno dela e amarrado; e assim o corpo foi carregado como um fardo. Se o assassinato tivesse acontecido na Barrière du Roule, não haveria necessidade de tal arranjo. O fato de que o corpo foi encontrado flutuando perto da Barrière não prova que foi atirado na água nesse local. * * * Um pedaço de uma das anáguas da infeliz jovem, com sessenta centímetros de comprimento e trinta de largura, foi rasgado e amarrado sob seu queixo, em torno da nuca, provavelmente para impedir gritos. Isso foi feito por sujeitos que não carregam lenço de bolso".

Um dia ou dois antes de o Chefe de Polícia nos visitar, contudo, chegaram aos policiais algumas informações importantes que aparentemente puseram abaixo, no mínimo, a parte principal dos argumentos do *Le Commerciel*. Dois meninos, filhos de uma tal Madame Deluc, enquanto perambulavam no matagal perto da Barrière du Roule, entraram por acaso numa moita cerrada, dentro da qual havia três ou quatro pedras grandes que formavam um tipo de assento, com encosto e apoio para os pés. Na pedra superior havia uma anágua branca; na segunda, uma echarpe de seda. Uma sombrinha, luvas, e um lenço de bolso também foram ali encontrados. O lenço trazia o nome "Marie Rogêt". Fragmentos de um vestido foram descobertos nos espinheiros ao redor. A terra estava pisoteada, os arbustos estavam quebrados e havia muitos vestígios de uma luta. Entre o matagal e o rio, as cercas haviam sido derrubadas e o chão mostrava que algum fardo pesado havia sido arrastado por ali.

Um semanário, o *Le Soleil*,[13] fez os seguintes comentários acerca dessa descoberta — comentários que apenas ecoaram o sentimento de toda a imprensa parisiense:

"As peças todas tinham evidentemente estado ali por pelo menos três ou quatro semanas; estavam todas muito mofadas pela ação da chuva e coladas por causa do mofo. A grama havia crescido sobre algumas das peças e ao redor delas. A seda da sombrinha era resistente, mas os fios do tecido estavam aglomerados no interior. A parte superior, onde o tecido era duplo e dobrado, estava toda mofada e apodrecida, e rompeu-se ao ser aberta.* * * Os pedaços da roupa rasgada pelos arbustos tinham aproximadamente sete centímetros de largura e quinze de comprimento. Uma parte era a barra da roupa e havia sido remendada; o outro pedaço era parte da saia, não a barra. Pareciam tiras arrancadas e estavam sobre o espinheiro, a cerca de trinta centímetros do chão.* * * Não há dúvida, portanto, de que o local dessa horrível atrocidade foi descoberto".

---

[13] *Saturday Evening Post*, da Filadélfia, editado por C. I. Peterson, Esq.

Como resultado dessa descoberta, novas provas surgiram. Madame Deluc testemunhou que mantém uma hospedaria de beira de estrada que não fica longe da margem do rio, do lado oposto à Barrière du Roule. A vizinhança fica isolada — bem isolada mesmo. É o ponto de encontro habitual dos salafrários da cidade, que atravessam o rio em barcos. Por volta das três horas, na tarde do domingo em questão, uma jovem chegou à hospedaria, acompanhada por um rapaz de pele morena. Os dois estiveram ali por algum tempo. No momento da partida, tomaram a estrada que leva a um denso bosque nas proximidades. O vestido usado pela jovem chamou a atenção de Madame Deluc, por causa de sua semelhança com outro usado por uma parente falecida. Uma echarpe foi notada em especial. Logo após a partida do casal, apareceu um bando de patifes que se comportaram fazendo balbúrdia, comeram e beberam sem pagar, seguiram o rumo do rapaz e da jovem, retornaram à hospedaria ao entardecer e voltaram a cruzar o rio como se estivessem com grande pressa.

Foi logo após escurecer, na mesma noite, que Madame Deluc, bem como seu filho mais velho, ouviram gritos de mulher nas redondezas da hospedaria. Os gritos foram violentos, mas breves. Madame D. reconheceu não apenas a echarpe encontrada no matagal, mas também o vestido que foi descoberto sobre o corpo. Um condutor de ônibus, Valence,[14] também testemunhou então ter visto Marie Rogêt atravessar o Sena em uma balsa, no domingo em

---

[14] Adam.

questão, na companhia de um rapaz de pele morena. Ele, Valence, conhecia Marie, e não poderia estar enganado quanto à sua identidade. Os objetos encontrados no matagal foram todos identificados pelos parentes de Marie.

As provas e as informações assim reunidas por mim a partir dos jornais, por sugestão de Dupin, abarcavam apenas mais um ponto — mas esse, aparentemente, era um ponto muito importante. Parece que, logo após a descoberta das peças conforme descrito acima, o corpo sem vida ou quase sem vida de St. Eustache, o pretendente de Marie, foi encontrado nas proximidades daquilo que todos supunham ser a cena da atrocidade. Um pequeno frasco vazio marcado "láudano" foi encontrado perto dele. Seu hálito dava prova do veneno. Ele morreu sem dizer nada. Uma carta foi encontrada com ele, atestando brevemente seu amor por Marie e seu propósito de autodestruição.

"Não preciso lhe dizer", disse Dupin, quando terminou de analisar minhas anotações, "que este é um caso muito mais intrincado que o da Rua Morgue, do qual difere em um aspecto importante. Embora atroz, este é um exemplo *comum* de crime. Não há nada de particularmente *outré* nele. Você pode observar que, por essa razão, o mistério foi considerado de fácil solução, quando por isso mesmo é que deveria ter sido considerado difícil. Por isso, no início, supôs-se desnecessário oferecer uma recompensa. Os subalternos de G—— conseguiram compreender de imediato como e por que uma atrocidade dessa *pôde ter sido* cometida. Conseguiram vislumbrar em sua imaginação um modo — muitos modos — e um motivo — muitos motivos; e como não era impossível que qualquer um desses inúmeros modos e motivos *pudesse* ser o verdadeiro, pressupuseram que um deles *deveria ser*. Mas a facilidade com que essas várias crenças foram alimentadas e a própria plausibilidade que cada uma delas assumiu deveriam ter sido compreendidas como um indicativo das dificuldades e não das facilidades que devem estar presentes na elucidação. Observo, portanto, que é pelas saliências acima do plano do comum que a razão vai tateando o seu caminho, se é que isso de fato ocorre, na busca da verdade, e que a pergunta correta em casos como esse não é tanto 'o que ocorreu?', mas sim 'o que ocorreu que nunca ocorreu antes?'. Nas investigações na casa de Madame L'Espanaye,[15] os policiais de G— foram desencorajados e confundidos pela própria *singularidade* que, para um intelecto bem equilibrado, teria oferecido a maior garantia de sucesso, embora esse mesmo intelecto pudesse ter mergulhado em desespero diante do caráter comum de tudo o que saltava aos olhos no caso da jovem perfumista, e, no entanto, somente indicava um triunfo fácil para os membros da polícia.

"No caso de Madame L'Espanaye e sua filha, não havia dúvida alguma de que um assassinato havia sido cometido, mesmo no início de nossa investigação. A ideia de suicídio foi logo descartada. Aqui também estamos livres, inicialmente, de qualquer hipótese de autodestruição. O corpo encontrado na Barrière du Roule foi encontrado

---

[15] Vide "Os Assassinatos na Rua Morgue".

em circunstâncias que não deixam dúvida quanto a esse ponto importante. Mas sugeriu-se que o cadáver descoberto não é o de Marie Rogêt, pela denúncia de cujo assassino ou assassinos se oferece a recompensa, e a respeito de quem, exclusivamente, foi selado nosso acordo com o Chefe de Polícia. Nós dois conhecemos bem esse senhor. Não convém confiar muito nele. Se, datando nossas investigações a partir da descoberta do corpo e dali rastreando um assassino, nós descobrirmos, entretanto, que esse corpo é o de alguma outra pessoa que não Marie; ou, se, começando pela Marie viva, nós a encontrarmos, mas não assassinada —, em qualquer um dos casos, nosso trabalho será em vão; pois é com Monsieur G— que teremos de lidar. Para nosso próprio propósito, portanto, ainda que não seja para o propósito da justiça, é indispensável que o nosso primeiro passo seja determinar a identidade do cadáver com relação à Marie Rogêt que está desaparecida.

"Junto ao público, os argumentos do *L'Etoile* ganharam peso; e, que o próprio jornal está convencido de sua importância, isso é evidente pelo modo como inicia um dos ensaios sobre o assunto — 'Vários dos matutinos do dia', diz ele, 'falam do artigo *conclusivo* na edição de segunda-feira do *Etoile*'. Para mim, esse artigo parece conclusivo de pouca coisa além da veemência de seu redator. Devemos ter em mente que, em geral, nossos jornais querem mais criar sensação — firmar uma opinião — do que promover a causa da verdade. A segunda finalidade só é almejada quando parece coincidir com a primeira. A imprensa que apenas se coaduna com a opinião comum (por mais bem fundamentada que essa opinião possa ser) não ganha crédito com a multidão. A massa considera profundo apenas aquele que sugere *contradições pungentes* da ideia geral. No raciocínio, assim como na literatura, o *epigrama* é que é mais imediata e mais universalmente apreciado. Em ambos, trata-se da mais baixa ordem de mérito.

"O que quero dizer é foi que a mescla de epigrama e de melodrama na ideia de que Marie Rogêt ainda está viva, e não qualquer verdadeira plausibilidade dessa ideia, que a sugeriu ao *L'Etoile* e lhe garantiu uma recepção favorável junto ao público. Examinemos os pontos principais do argumento desse jornal, tentando evitar a incoerência com a qual ele foi originalmente formulado.

"O primeiro objetivo do redator é mostrar, a partir da brevidade do intervalo entre o desaparecimento de Marie e a descoberta do cadáver flutuante, que esse cadáver não pode ser o de Marie. A redução desse intervalo à sua menor dimensão possível torna-se assim, de imediato, um objetivo para o argumentador. No precipitado encalço desse objetivo, ele se lança em mera suposição logo no início. 'É tolice supor', diz ele, 'que o assassinato, se é que de fato foi cometido um assassinato, pudesse ter sido consumado com rapidez suficiente para permitir que os assassinos atirassem o corpo no rio antes da meia-noite'. Perguntamos de pronto, e muito naturalmente, *por quê?* Por que é tolice supor que o assassinato tenha sido cometido *no intervalo de cinco minutos* depois que a moça saiu da casa da mãe? Por que é tolice supor que o assassinato tenha sido cometido em qualquer período do dia? Assassinatos acontecem em todas as horas. Mas, se o assassinato tivesse ocorrido a qualquer momento entre nove horas da manhã de domingo e um quarto para a meia-noite, ainda haveria tempo suficiente para 'atirar o corpo no rio antes da meia-noite'. Essa suposição, então, significa precisamente isso — que o assassinato não foi de forma alguma cometido no domingo — e, se permitirmos que o *L'Etoile* pressuponha isso, então podemos permitir-lhe qualquer liberalidade. Podemos imaginar que o parágrafo que começa com 'É tolice supor que o assassinato, etc.,' embora apareça impresso desse modo no *L'Etoile*, tenha existido de fato *assim* na cabeça do redator: 'É tolice supor que o assassinato, se é que de fato foi cometido um assassinato, pudesse ter sido consumado para permitir que os assassinos atirassem o corpo no rio antes da meia-noite; é tolice, dizemos, supor tudo isso, e supor ao mesmo tempo (como estamos resolvidos a supor), que o corpo *só* foi atirado na água *depois* da meia-noite'— uma sentença bem inconsequente por si só, mas não tão completamente absurda quanto aquela que foi impressa.

"Se meu propósito fosse", continuou Dupin, "apenas *montar um caso* contra esse trecho do argumento do *L'Etoile*, eu poderia seguramente deixar por isso mesmo. Entretanto, não é com o *L'Etoile* que precisamos tratar, mas com a verdade. A frase em questão tem apenas um significado da forma como se apresenta; e eu já declarei esse significado de forma justa; mas é importante penetrarmos atrás das meras palavras, pois essas palavras visavam a uma ideia e não conseguiram transmiti-la. O plano dos jornalistas era dizer que, não importa em que período do dia ou da noite de domingo esse assassinato tenha sido cometido, é improvável que os assassinos tenham se arriscado a transportar o cadáver até o rio antes da meia-noite. É aqui que se encontra, de fato, a suposição da qual me queixo. Supõe-se que o assassinato tenha sido cometido de tal forma e em tais circunstâncias que *o transporte* até o rio tenha sido necessário. Ora, o assassinato pode ter ocorrido na orla do rio ou no próprio rio; e assim, o arremesso do cadáver na água pode ter acontecido, a qualquer momento do dia ou da noite, como o modo de descarte mais óbvio e mais imediato. Compreenda que não estou sugerindo nada como provável ou como coincidente com minha própria opinião. Meu propósito, até agora, não tem referência com os *fatos* do caso. Desejo apenas alertá-lo contra todo o tom de *sugestão* do *L'Etoile* ao chamar sua atenção para o seu caráter de *ex parte* já desde o início.

"Tendo assim prescrito um limite adequado às suas próprias ideias preconcebidas e tendo presumido que, se aquele fosse o corpo de Marie, ele poderia ter estado na água apenas por um tempo muito breve, o jornal segue dizendo:

'A experiência demonstra que os corpos afogados ou os corpos atirados na água imediatamente após uma morte violenta precisam de seis a dez dias para se decompor o suficiente a fim de subirem à tona. Mesmo que um canhão seja disparado sobre um cadáver e ele flutue antes de pelo menos cinco ou seis dias de imersão, ele afundará de novo se não houver interferência'.

"Essas afirmativas foram tacitamente aceitas por todos os jornais de Paris, com exceção do *Le Moniteur*.[16] Esse periódico tenta contestar aquele trecho do parágrafo que faz referência apenas a 'corpos afogados', citando cinco ou seis exemplos nos quais os corpos de indivíduos afogados foram encontrados flutuando depois de um período menor do que aquele enfatizado pelo *L'Etoile*. Mas há algo excessivamente não filosófico na tentativa do *Le Moniteur* de rebater a declaração geral do *L'Etoile* citando exemplos específicos que vão contra aquela declaração. Se fosse possível mencionar cinquenta em lugar de cinco exemplos de corpos encontrados flutuando ao fim de dois ou três dias, esses cinquenta exemplos ainda poderiam ser justificadamente considerados apenas como exceções à regra do *L'Etoile*, até que a própria regra fosse refutada. Ao admitir a regra (e esta *Le Moniteur* não nega, insistindo apenas nas suas exceções), o argumento do *L'Etoile* acaba permanecendo em pleno vigor; pois esse argumento não pretende envolver mais do que uma questão quanto à *probabilidade* de o corpo ter vindo à tona em menos de três dias; e essa probabilidade será a favor da posição do *L'Etoile* até que os exemplos citados de forma tão infantil sejam em número suficiente para estabelecer uma regra antagônica.

"Você logo verá que todo argumento acerca desse ponto crucial deverá voltar-se, se for o caso, contra a própria regra; e, com esse propósito, devemos examinar a *base lógica* da regra. Ora, o corpo humano, em geral,

---

[16] *Commercial Advertiser*, de Nova York, editado por Col. Stone.

não é muito mais leve nem muito mais pesado do que a água do Sena; isso quer dizer que a gravidade específica do corpo humano, em sua condição natural, é aproximadamente igual ao volume de água doce que ele desloca. Os corpos de pessoas gordas ou bem fornidas, de ossos pequenos, e os das mulheres em geral, são mais leves que os das pessoas esguias e de ossos grandes e do que os corpos dos homens; e a gravidade específica da água de um rio é influenciada de algum modo pela presença da maré vinda do mar. Mas, deixando essa maré de lado, é possível dizer que *pouquíssimos* corpos humanos afundarão de fato *por si mesmos*, mesmo em água doce. Quase qualquer pessoa, se cair em um rio, será capaz de flutuar, se permitir que a gravidade específica da água se equilibre com o seu próprio peso — o que significa dizer, se permitir que todo o seu corpo fique imerso, com a menor exceção possível. A posição correta para quem não sabe nadar é a posição vertical que uma pessoa assume ao caminhar em terra, com a cabeça voltada totalmente para trás, e imersa, apenas com a boca e as narinas permanecendo acima da superfície. Nessas circunstâncias, veremos que flutuamos sem dificuldade nem esforço. Fica evidente, no entanto, que a gravidade do corpo e a do volume de água deslocada estão muito finamente equilibradas, e que qualquer insignificância faz uma das duas preponderar. Um braço, por exemplo, erguido da água e assim desprovido de seu apoio, representa um peso adicional suficiente para fazer imergir a cabeça toda, ao passo que a ajuda acidental de um pedacinho de madeira permite que a cabeça seja erguida para olhar em volta. Ora, na luta de alguém que não sabe nadar, os braços são invariavelmente jogados para cima, enquanto se tenta manter a cabeça em sua posição perpendicular habitual. O resultado é a imersão da boca e das narinas e a entrada de água nos pulmões durante o esforço para respirar embaixo da superfície. Muito líquido também chega ao estômago, e o corpo todo torna-se mais pesado devido à diferença entre o peso do ar que originalmente distendia essas cavidades e o do fluido que agora as preenche. Essa diferença é suficiente para fazer o corpo afundar, como regra geral; mas é insuficiente nos casos de indivíduos com ossos pequenos e uma quantidade anormal de matéria flácida ou gordurosa. Esses indivíduos flutuam mesmo após o afogamento.

"O cadáver, supondo-se que esteja no fundo do rio, ali permanece até que, de algum modo, sua gravidade específica torne-se novamente menor do que o volume de água que ele desloca. Esse efeito é ocasionado pela decomposição ou por algum outro processo. O resultado da decomposição é a produção de gás, que distende os tecidos celulares e todas as cavidades, e cria aquela aparência *inchada* que é tão horrível. Quando essa distensão progride tanto que o volume do cadáver acaba aumentando substancialmente, sem um aumento correspondente da *massa* ou do peso, sua gravidade específica torna-se menor do que a da água deslocada, e ele imediatamente aparece na superfície. Mas a decomposição é modificada por inúmeras circunstâncias — é acelerada ou retardada por inúmeros fatores; por exemplo, pelo calor ou pelo frio da estação, pela impregnação de minérios ou pela pureza da água, pela profundidade ou falta de profundidade, pela correnteza ou estagnação, pelo temperamento[17] do corpo, por sua infecção ou ausência de doença antes da morte. Assim, fica evidente que não podemos estabelecer, com nenhuma exatidão, quando o cadáver emergirá devido à decomposição. Em algumas condições, esse resultado pode ocorrer dentro de uma hora; em outras, simplesmente pode não ocorrer. Há infusões químicas que permitem preservar a estrutura animal *para sempre* contra a degradação; o dicloreto de mercúrio é uma delas. Mas, excetuando a decomposição, pode haver, e com muita frequência há, uma produção de gás dentro do estômago, resultante da fermentação acetosa de matéria vegetal (ou dentro de outras cavidades, resultante de outras causas), suficiente para induzir uma distensão que leve o corpo até a superfície. O efeito produzido pelo disparo de um canhão é uma simples vibração. Ela pode soltar o cadáver da lama mole ou do lodo onde está enterrado, permitindo assim que ele suba, quando outros fatores já o tiverem preparado para isso; ou ela pode vencer a tenacidade de algumas partes putrefatas do tecido celular, o que permite que as cavidades sejam distendidas sob a influência do gás.

"Tendo assim perante nós toda a filosofia desse assunto, podemos facilmente usá-la para testar as afirmações do *L'Etoile*. 'A experiência demonstra", diz o jornal, 'que os

---

[17] "Temperamento", neste caso, tem a ver com a antiga teoria dos humores: sanguíneo, fleumático, colérico e melancólico, cada um deles associado ao excesso de um fluido do corpo — sangue, fleuma, bile amarela e bile negra.

corpos afogados ou os corpos atirados na água imediatamente após uma morte violenta precisam de seis a dez dias para se decompor o suficiente a fim de subirem à tona. Mesmo que um canhão seja disparado sobre um cadáver e ele flutue antes de pelo menos cinco ou seis dias de imersão, ele afundará de novo se não houver interferência'.

"Todo esse parágrafo deve agora parecer um tecido feito de inconsequência e incoerência. A experiência *não* demonstra que 'os corpos afogados' *precisam* de seis a dez dias para se decompor o suficiente a fim de subirem à tona. Tanto a ciência quanto a experiência demonstram que o período de sua ascensão é, e necessariamente deve ser, indeterminado. Se, além disso, um corpo subir até a superfície por obra do disparo de um canhão, ele *não* 'afundará de novo se não houver interferência', até que a decomposição tenha avançado tanto que permita a liberação do gás produzido. Mas quero chamar sua atenção para a distinção que é feita entre 'os corpos afogados' e 'os corpos atirados na água imediatamente após uma morte violenta'. Embora o autor admita a distinção, ele inclui a todos na mesma categoria. Já demonstrei como o corpo de um homem que se afoga torna-se especificamente mais pesado do que seu volume de água e como ele simplesmente não afunda, exceto graças ao esforço que o faz erguer os braços acima da superfície e à sua tentativa de respirar enquanto estiver abaixo da superfície — tentativas que levam água ao lugar do ar original nos pulmões. Mas esses esforços e essas tentativas não ocorrem em um corpo 'atirado na água imediatamente após uma morte violenta'. Logo, neste último caso, *o corpo, como regra geral, simplesmente não afunda* — fato que o *L'Etoile* evidentemente ignora. Quando a decomposição avança muito — quando a carne em grande parte se solta dos ossos — só então, de fato, mas não *antes* disso, perdemos o cadáver de vista.

"E agora o que fazer com o argumento de que o corpo encontrado não poderia ser o de Marie Rogêt porque esse corpo foi encontrado flutuando apenas três dias depois? Em caso de afogamento, sendo ela mulher, talvez nunca tivesse afundado; ou, tendo afundado, talvez reaparecesse em vinte e quatro horas ou menos. Mas ninguém supõe que ela tenha se afogado; e, no caso de ter morrido antes de ser atirada no rio, ela poderia ter sido encontrada flutuando a qualquer momento depois disso.

"'Mas', diz o *L'Etoile*, 'se o corpo tivesse sido mantido em terra em seu estado dilacerado até a noite de terça--feira, algum vestígio dos assassinos teria sido encontrado ali'. Inicialmente, é difícil perceber aqui a intenção do argumentador. Ele pretende antecipar o que imagina ser uma objeção a essa teoria — isto é: de que o corpo foi mantido em terra por dois dias, sofrendo rápida decomposição — *mais* rápida do que se estivesse imerso em água. Supõe que, se fosse o caso, ele *poderia* ter aparecido na superfície na quarta-feira, e pensa que *apenas* nessas circunstâncias poderia ter assim aparecido. Da mesma forma, tem pressa para demonstrar que o corpo *não foi* mantido em terra; pois, se assim fosse, 'algum vestígio dos assassinos teria sido encontrado ali'. Suponho que você esteja sorrindo por causa do *sequitur*. Você não consegue ver como a simples *permanência* do cadáver em terra poderia fazer *multiplicar os vestígios* dos assassinos. Nem eu.

"'E, além disso, é muito improvável,' continua nosso jornal, 'que qualquer vilão que cometesse um assassinato como o que aqui se supõe tivesse jogado o corpo na água sem usar um peso para afundá-lo, quando seria fácil ter tomado essa precaução'". Observe, aqui, a risível confusão de pensamento! Ninguém — nem mesmo o *L'Etoile* — questiona o assassinato cometido *no corpo encontrado*. As marcas da violência são óbvias demais. O propósito de nosso argumentador é apenas demonstrar que esse corpo não é o de Marie. Ele quer provar que *Marie* não foi assassinada — não que o cadáver não o tenha sido. Entretanto, sua observação prova apenas o último argumento. Eis aqui um cadáver sem qualquer peso atado a ele. Os assassinos, ao jogá-lo na água, não teriam deixado de lhe atar um peso. Portanto, ele não foi jogado pelos assassinos. Isso é tudo o que ficou provado, se é que ficou. A questão da identidade nem sequer é abordada, e o *L'Etoile* fez um esforço enorme meramente para contradizer agora aquilo que admitiu apenas um momento antes. 'Estamos totalmente convencidos', diz, 'de que o corpo encontrado era o da mulher assassinada'.

"Este nem é o único exemplo, mesmo nessa divisão do tema, em que nosso argumentador inadvertidamente raciocina contra si próprio. Seu propósito evidente, já afirmei antes, é reduzir ao máximo o intervalo entre o desaparecimento de Marie e a descoberta do cadáver. Contudo, vemos que ele *insiste* no argumento de que ninguém viu a moça depois que ela saiu da casa da mãe.

'Não temos prova', diz, 'de que Marie Rogêt estava na terra dos vivos depois das nove horas de domingo, vinte e dois de junho'. Como seu argumento é obviamente um *ex-parte*, ele deveria, pelo menos, ter deixado esse assunto de fora; pois, se ficasse provado que alguém viu Marie, digamos, na segunda ou na terça-feira, o intervalo em questão teria sido muito reduzido, e, segundo seu próprio raciocínio, haveria pouca probabilidade de o cadáver ser o da *grisette*. É, divertido, entretanto, observar que o *L'Etoile* insiste nesse ponto, acreditando piamente que ele favorece o argumento geral.

"Releia agora aquele trecho do argumento que faz referência à identificação do cadáver por Beauvais. Em relação aos *pelos* no braço, o *L'Etoile* foi obviamente desonesto. M. Beauvais, que não é idiota, simplesmente jamais poderia ter insistido, ao identificar o cadáver, nos *pelos do braço*. Nenhum braço é *desprovido* de pelos. O caráter geral da expressão do *L'Etoile* é mera deturpação da fraseologia da testemunha. Ele deve ter mencionado alguma *peculiaridade* desses pelos. Talvez alguma peculiaridade de cor, de quantidade, de comprimento ou de situação.

"'Seus pés', afirma o jornal, 'eram pequenos — assim como também são pequenos milhares de pés. Suas ligas não provam coisa alguma — nem seus sapatos —, pois sapatos e ligas são vendidos às dúzias. O mesmo se pode dizer das flores em seu chapéu. Algo em que M. Beauvais muito insiste é que o fecho da liga encontrada tinha sido puxado para apertá-la. Isso não significa nada; pois a maioria das mulheres acha melhor levar um par de ligas para casa e ajustá-las ao tamanho das pernas que elas deverão cingir do que experimentá-las na loja onde as comprou'. Aqui é difícil supor que o argumentador esteja falando sério. Se M. Beauvais, em sua procura pelo corpo de Marie, tivesse descoberto um cadáver que correspondesse, de modo geral, ao tamanho e à aparência da moça desaparecida, ele teria tido base (sem referência alguma à questão da vestimenta) para formar a opinião de que sua busca tivera sucesso. Se, além da questão do tamanho e do contorno geral, tivesse encontrado nos braços uma aparência peculiar de pelos que tivesse observado em Marie enquanto viva, sua opinião talvez pudesse ter sido fortalecida com razão; e o aumento dessa certeza bem poderia ter sido na proporção da peculiaridade, ou raridade, da marca capilar. Sendo pequenos os pés de Marie, caso os do cadáver também o fossem, a probabilidade de que este correspondesse ao corpo de Marie aumentaria muito em uma proporção que seria não apenas aritmética, mas geométrica ou altamente cumulativa. Acrescente a tudo isso os sapatos que ela usava no dia do desaparecimento e, embora esses sapatos possam ser 'vendidos às dúzias', você agora aumenta a probabilidade a ponto de beirar a certeza. Aquilo que, por si só, não seria prova de identidade, torna-se, por seu aspecto corroborativo, a prova mais segura. Consideremos, então, as flores no chapéu como correspondentes àquelas usadas pela moça desaparecida e não precisamos procurar mais. Basta apenas *uma* flor, não procuramos nada mais — o que dizer então de duas ou três, ou mais flores? Cada flor sucessiva é prova múltipla — não uma prova *acrescida* a outra prova, mas *multiplicada* por centenas ou milhares. Vamos agora descobrir, na falecida, ligas como as que usava a moça viva, e é quase tolice seguir adiante. Mas essas ligas encontram-se apertadas, pelo ajuste de um fecho, exatamente do modo como as próprias ligas de Marie tinham sido apertadas por ela, um pouco antes de sair de casa. É agora insensatez ou hipocrisia alimentar dúvidas. O que o *L'Etoile* diz desse ajuste das ligas ser uma ocorrência incomum apenas demonstra sua persistência no erro. A natureza elástica da liga com fecho é demonstração evidente de que sua redução é *incomum*. Aquilo que é feito para se ajustar por si pode talvez exigir um ajuste extra, mas isso é raro. Deve ter sido por algum acidente, no sentido mais estrito, que essas ligas de Marie exigiram o aperto descrito. Elas por si sós já teriam estabelecido amplamente a identidade da moça. Mas não aconteceu de o cadáver ter sido encontrado com as ligas da jovem desaparecida, ou seus sapatos, ou sua touca, ou as flores da touca, ou seus pés, ou uma marca peculiar no braço, ou seu tamanho, ou sua aparência geral — aconteceu de o cadáver ter cada um desses itens, e *todos coletivamente*. Se fosse possível provar que o editor do *L'Etoile* de fato nutriu alguma dúvida, nessas circunstâncias, não haveria necessidade, em seu caso, de uma ordem *de lunatico inquirendo*.[18] Ele pensou que seria sagaz ecoar a conversa fiada dos advogados que, em sua maioria, contentam-se em ecoar os preceitos rígidos dos tribunais. Eu aqui notaria que muito daquilo que é rejeitado como prova pelos tribunais é a melhor

---

[18] Um documento legal que investiga a sanidade mental de um indivíduo.

prova para o intelecto. Pois o tribunal, que se guia pelos princípios gerais da prova — os princípios reconhecidos e *registrados em livro* —, é avesso a desvios em casos específicos. E essa aderência rígida ao princípio, com rigorosa desconsideração da exceção conflituosa, é um modo seguro de alcançar o *máximo* de verdade alcançável, em qualquer sequência longa de tempo. A prática, *em massa*, é, portanto, filosófica; mas é certo que gera vasto erro individual.[19]

"Com relação às insinuações dirigidas a Beauvais, a vontade é de descartá-las de pronto. Você já compreendeu o verdadeiro caráter desse gentil cavalheiro. Ele é um *bisbilhoteiro*, com muita fantasia e pouca inteligência. Qualquer pessoa com esse temperamento prontamente se comportará assim diante de uma comoção *real*, de modo que acabará se tornando objeto de suspeitas por parte dos extremamente sensíveis ou dos inamistosos. M. Beauvais (conforme consta de suas anotações) teve algumas entrevistas pessoais com o editor do *L'Etoile* e ofendeu-o ao arriscar a opinião de que o cadáver, não obstante a teoria do editor, era, na realidade, o de Marie. 'Ele persiste em afirmar', diz o jornal, 'que o cadáver é o de Marie, mas

---

[19] "Uma teoria baseada nas qualidades de um objeto impedirá que ela seja revelada de acordo com seus objetivos; e aquele que organiza tópicos em referência a suas causas deixará de valorizá-los de acordo com seus resultados. Assim, a jurisprudência de toda nação demonstrará que, quando a lei se torna uma ciência e um sistema, ela deixa de ser justiça. Os erros aos quais a *common law* foi levada por uma devoção cega a *princípios* de classificação serão vistos quando se observar com que frequência a legislatura foi forçada a recompor a equidade que seu sistema perdeu." — *Landor*. (N. A.)

não consegue fornecer uma circunstância, além daquelas que já comentamos, para fazer os outros acreditarem nisso'. Ora, sem aludir novamente ao fato de que uma prova mais robusta 'para fazer os outros acreditarem nisso' *nunca* poderia ser apresentada, é possível observar que uma pessoa pode muito bem ser levada a acreditar em um caso deste tipo sem ser capaz de fornecer uma única razão para convencer uma segunda parte. Nada é mais vago do que impressões de identidade individual. Qualquer pessoa reconhece seu vizinho, mas são raros os casos em que está preparada para *dar uma razão* para esse reconhecimento. O editor do *L'Etoile* não tinha o direito de ficar ofendido com a opinião irracional de M. Beauvais.

"Vemos que as circunstâncias suspeitas que o envolvem combinam muito mais com minha hipótese de *bisbilhotice fantasiosa* do que com a sugestão de culpa feita pelo argumentador. Ao adotarmos uma interpretação mais benevolente, não teremos dificuldade para compreender a rosa na fechadura; o nome 'Marie' na lousa; o 'afastamento dos parentes do sexo masculino'; 'a oposição a que lhe vissem o corpo'; o aviso dado a Madame B—, de que ela não deveria conversar com o *gendarme* até o seu regresso (de Beauvais); e, por fim, sua aparente determinação de 'que ninguém deveria se envolver com o processo, exceto ele'. Parece-me inquestionável que Beauvais era um pretendente de Marie; que ela flertava com ele; e que ele queria que pensassem que gozava de sua plena intimidade e confiança. Não direi mais nada sobre essa questão; e, como as provas rebatem totalmente a afirmativa do *L'Etoile* quanto à questão da *apatia* por parte da mãe e de outros parentes — uma apatia inconsistente com a suposição deles de que o cadáver era o da jovem perfumista — vamos então prosseguir como se a questão da *identidade* estivesse resolvida para nossa plena satisfação".

"E o que você pensa das opiniões do *Le Commerciel*?", perguntei então.

"Que, em espírito, merecem muito mais atenção do que qualquer outra que já tenha sido publicada sobre o assunto. As deduções a partir das premissas são filosóficas e aguçadas; mas as premissas, em dois casos pelo menos, são apoiadas em observação imperfeita. O *Le Commerciel* quer insinuar que Marie foi capturada por algum bando de malfeitores de baixa extração, não muito longe da casa da mãe. 'É impossível', insiste o jornal, 'que alguém tão conhecido por milhares de pessoas, como era essa jovem, tivesse passado por três quarteirões sem que ninguém a visse'. Essa é a ideia de um homem que reside há muito tempo em Paris — uma figura pública — e de alguém cujas andanças pela cidade limitam-se principalmente às proximidades de gabinetes públicos. Ele sabe que raramente se afasta por mais de uma dúzia de quarteirões de seu próprio *bureau* sem ser reconhecido e abordado. E, considerando a extensão de seu relacionamento com outras pessoas e das outras pessoas com ele, compara sua notoriedade com a da jovem perfumista, decide que não há grande diferença entre ambas e de imediato chega à conclusão de que a jovem, em suas andanças, poderia ser reconhecida da mesma forma que ele. Esse apenas poderia ser o caso se as andanças da moça fossem de natureza invariável, metódica e dentro da mesma *espécie* de região limitada como a dele. Ele anda para baixo e para cima, em intervalos regulares, dentro de um perímetro limitado, com uma abundância de indivíduos que são levados a observá-lo graças ao interesse na semelhança que há entre sua ocupação e a deles. Mas as andanças de Marie podem, em geral, ser consideradas digressivas. Neste caso particular, vamos considerar mais provável que ela tenha percorrido um trajeto mais diversificado do que o habitual. O paralelo que o *Le Commerciel* deve ter estabelecido somente poderia ser sustentado no caso de dois indivíduos que atravessassem a cidade toda. Nesse caso, supondo que as pessoas conhecidas fossem as mesmas, também haveria as mesmas chances de que acontecesse um número igual de *rencontres* pessoais. De minha parte, mantenho que não seria apenas possível, mas muito mais que provável, que Marie tivesse percorrido, em determinado período, um dos muitos trajetos entre sua própria residência e a de sua tia sem encontrar um único indivíduo que ela conhecesse ou que a conhecesse. Ao analisar essa questão em detalhes, devemos ter bem em mente a grande desproporção entre as relações pessoais até mesmo do indivíduo mais notado de Paris e de toda a população de Paris.

"Mas qualquer força que ainda possa existir na sugestão do *Le Commerciel* ficará muito reduzida quando levarmos em consideração a *hora* em que a moça deixou a casa. 'Ela saiu quando as ruas estavam cheias de gente', diz o periódico. Mas não foi isso que aconteceu. Eram nove horas da manhã. Ora, na verdade, as ruas da cidade estão apinhadas de gente às nove horas da manhã de qualquer dia da semana, *com exceção de domingo*. Às nove horas de domingo, a maior parte da população está em casa *preparando-se para ir à igreja*. Nenhuma pessoa observadora pode deixar de notar o aspecto particularmente deserto da cidade, entre cerca de oito e dez horas da manhã de qualquer Sabá. Entre dez e onze horas as ruas estão cheias, mas não tão cedo, conforme mencionado.

"Há outro ponto que parece mostrar uma falha de *observação* da parte do *Le Commerciel*. 'Um pedaço', afirma ele, 'de uma das anáguas da infeliz jovem, com sessenta centímetros de comprimento e trinta de largura, foi rasgado e amarrado sob seu queixo, em torno da nuca, provavelmente para impedir gritos. Isso foi feito por sujeitos que não carregam lenços de bolso'. Se essa ideia é ou não bem fundamentada, vamos tentar decidir mais tarde; mas, ao usar a expressão 'sujeitos que não carregam lenços de bolso', o editor tem em mente a classe mais baixa de malfeitores. Essa, entretanto, é a própria descrição de pessoas que sempre carregam lenços, mesmo se estiverem sem camisa. Você já deve ter tido a ocasião de observar como, nos últimos anos, o lenço de bolso tornou-se absolutamente indispensável para o patife consumado".

"E o que dizer", perguntei, "do artigo do *Le Soleil?*"

"Que é uma pena enorme que seu redator não tenha nascido papagaio — nesse caso, teria sido o papagaio mais ilustre de sua raça. Ele simplesmente repetiu os pontos específicos das opiniões já publicadas, reunindo-as, com esforço louvável, a partir deste e daquele jornal. 'As peças todas *evidentemente* tinham estado ali', diz, 'por pelo menos três ou quatro semanas, e não há *dúvida* de que o local desta horrível atrocidade foi descoberto'. Os fatos aqui reafirmados pelo *Le Soleil* estão na realidade muito longe de eliminar minhas próprias dúvidas a esse respeito e logo mais iremos examiná-los em mais detalhe em conexão com outra divisão do tema.

"No momento devemos nos ocupar com outras investigações. Você deve ter observado a extrema displicência no exame do cadáver. Com certeza, a questão da identidade foi prontamente determinada, ou deveria ter sido; mas há outros pontos que devem ser esclarecidos. O corpo foi de alguma forma *espoliado*? A falecida estava usando algum tipo de joia quando saiu de casa? Se for esse o caso, ela ainda usava alguma joia quando foi encontrada? Essas são questões importantes que não foram inteiramente abordadas pelos depoimentos; e há outras de igual importância que não receberam qualquer atenção. Devemos tentar obter respostas por meio de investigações pessoais. O caso de St. Eustache deve ser reexaminado. Não suspeito de modo algum dessa pessoa; mas vamos prosseguir metodicamente. Vamos determinar sem sombra de dúvida a veracidade das *declarações juramentadas* com relação ao seu paradeiro no domingo. Declarações juramentadas dessa natureza transformam-se prontamente em matéria de mistificação. Se não houver nada errado aqui, porém, vamos eliminar St. Eustache de nossas investigações. Embora seu suicídio levante suspeitas se houver comprovação de fraude nas declarações, ele não constitui de forma alguma, caso não haja essa fraude, uma circunstância inexplicável, ou algo que nos faça desviar-nos da linha de análise usual.

"No que agora irei propor, vamos descartar os pontos internos dessa tragédia e concentrar nossa atenção nas bordas. O erro mais comum em investigações como esta é limitar o exame ao que é imediato, com total desconsideração dos eventos colaterais ou circunstanciais. É uma negligência dos tribunais restringir provas e discussões aos limites da relevância aparente. No entanto, a experiência tem demonstrado e a verdadeira filosofia sempre provará que uma vasta, talvez a maior, parcela da verdade surge daquilo que é aparentemente irrelevante. É a partir do espírito desse princípio, se não precisamente a partir de sua forma, que a ciência moderna decidiu *calcular a imprevisibilidade*. Mas talvez você não me esteja compreendendo. A história do conhecimento humano demonstrou de maneira tão ininterrupta que devemos as descobertas mais numerosas e valiosas a eventos colaterais, incidentais ou acidentais, que acabou se tornando necessário, com vistas ao aprimoramento futuro, fornecer não apenas grandes, mas os maiores subsídios, a invenções que surgem por acaso e que estão bem fora das expectativas normais. Já não é mais filosófico fundamentar naquilo que já passou uma visão daquilo que está por vir. O *acidente* pode ser considerado como parte da subestrutura. Fazemos do acaso um assunto de cálculo absoluto. Subordinamos o que é imprevisto e inimaginado às *fórmulas* matemáticas das escolas.

"Repito que é fato que a *maior* parcela de toda verdade brota do elemento colateral; e é de acordo com o espírito do princípio envolvido nesse fato que eu desviaria a investigação, no presente caso, do caminho já trilhado e até o momento infrutífero do próprio evento para as circunstâncias contemporâneas que o cercam. Enquanto você determina a veracidade das declarações juramentadas, vou examinar os jornais de forma mais geral do que você já fez. Até agora, apenas fizemos um reconhecimento do campo de investigação; mas será estranho se uma pesquisa abrangente da imprensa pública, como a que proponho, não nos fornecer alguns pormenores que estabeleçam uma *direção* para a investigação".

De acordo com a sugestão de Dupin, examinei cuidadosamente o assunto das declarações juramentadas. O resultado foi uma firme convicção de sua validade e da consequente inocência de St. Eustache. Nesse meio tempo, meu amigo ocupou-se com o que me pareceu uma minúcia totalmente sem propósito em um exame detalhado dos vários arquivos dos jornais. Depois de uma semana, ele me apresentou os seguintes fragmentos:

"Há cerca de três anos e meio, uma comoção muito semelhante à atual foi causada pelo desaparecimento da mesma Marie Rogêt da *parfumerie* de Monsieur Le Blanc, no Palais Royal. Uma semana depois, no entanto, ela reapareceu em seu costumeiro *comptoir*,[20] perfeitamente bem, com exceção de uma leve palidez não muito usual. Monsieur Le Blanc e a mãe informaram que a moça apenas fizera uma visita a alguma amiga no interior; e o assunto foi rapidamente abafado. Supomos que a atual ausência seja uma excentricidade da mesma natureza e

---

[20] Balcão.

que, ao final de uma semana, ou talvez um mês, ela estará novamente entre nós".—*Evening Paper*, segunda-feira, 23 de junho.[21]

"Um vespertino de ontem menciona um misterioso desaparecimento anterior de Mademoiselle Rogêt. É fato bem conhecido que, durante a semana de sua ausência da *parfumerie* de Le Blanc, ela estava na companhia de um jovem oficial da marinha, muito conhecido por sua devassidão. Uma briga, supõe-se, causou providencialmente sua volta para casa. Sabemos o nome do devasso em questão, que, no momento, está alojado em Paris, mas, por razões óbvias, não podemos tornar isso público".—*Le Mercurie*—manhã de terça-feira, 24 de junho.[22]

"Uma violência atroz foi cometida perto desta cidade anteontem. Um cavalheiro, com a esposa e a filha, contratou, ao anoitecer, os serviços de seis rapazes que ociosamente remavam num barco de um lado para o outro perto das margens do Sena para transportá-los até o outro lado do rio. Ao chegar na margem oposta, os três passageiros desembarcaram e já haviam caminhado até estarem fora da vista do barco, quando a filha notou que havia deixado a sombrinha para trás. Ela voltou para buscá-la, foi agarrada pelo bando, levada para o meio do rio, amordaçada, tratada com brutalidade e finalmente levada até a margem para um local não muito longe de onde havia entrado no barco com os pais. Os bandidos estão foragidos no momento, mas a polícia está em seu

---

[21] *Express*, de Nova York.
[22] *Herald*, de Nova York.

encalço e alguns deles logo serão presos". — *Morning Paper*, 25 de junho.[23]

"Recebemos um ou dois comunicados, cujo propósito é associar o crime da recente atrocidade a Mennais;[24] mas, como esse cavalheiro foi totalmente isentado por uma investigação legal e como os argumentos de nossos vários correspondentes parecem ser mais zelosos do que profundos, não pensamos que seja aconselhável torná-los públicos". — *Morning Paper*, 28 de junho.[25]

"Recebemos vários comunicados escritos com vigor, aparentemente vindos de várias fontes, e que dão como certo que a infeliz Marie Rogêt foi vítima de um dos inúmeros bandos de patifes que infestam as redondezas da cidade aos domingos. Nossa própria opinião é com certeza a favor dessa suposição. Vamos tentar abrir espaço para alguns desses argumentos mais tarde". — *Evening Paper*, terça-feira, 30 de junho.[26]

"Na segunda-feira, um dos barqueiros ligado ao serviço fiscal viu um barco vazio flutuando no Sena. As velas estavam no fundo do barco. O barqueiro rebocou-o para baixo do escritório da garagem das barcas. Na manhã seguinte, ele foi levado de lá, sem o conhecimento de qualquer dos funcionários. O leme está agora na garagem das barcas". — *Le Diligence*, quinta-feira, 26 de junho.[27]

---

[23] *Courier and Inquirer*, de Nova York.
[24] Mennais esteve inicialmente sob suspeita e foi detido, mas depois foi liberado por total falta de provas.
[25] *Courier and Inquirer*, de Nova York.
[26] *Evening Post*, de Nova York.
[27] *Standard*, de Nova York.

Quando li esses vários fragmentos, não apenas eles me pareceram irrelevantes, mas eu tampouco consegui perceber como qualquer um deles podia influenciar o assunto em questão. Esperei alguma explicação de Dupin.

"Não é minha intenção atual", disse ele, "*alongar-me* acerca do primeiro e do segundo desses fragmentos. Eu os copiei principalmente para mostrar a você o enorme desleixo da polícia, que, conforme verifiquei com o Chefe, não se deu sequer ao trabalho de averiguar o oficial da marinha mencionado. Entretanto, é pura tolice dizer que, entre o primeiro e o segundo desaparecimento de Marie, não há uma conexão *presumível*. Vamos admitir que a primeira fuga resultou em uma briga entre os amantes e no retorno da moça traída. Estamos agora preparados para considerar uma segunda *fuga* (se é que *sabemos* que uma segunda fuga aconteceu novamente) como uma retomada das investidas do traidor, e não como o resultado de novas propostas por um segundo indivíduo — estamos preparados para considerar isso um 'reatamento' do antigo *amour*, e não o início de um novo. Há chances de dez contra um de que o homem que fugiu com Marie na primeira vez fizesse nova proposta de fuga, e não de que ela, que recebera propostas de fuga de um indivíduo, recebesse propostas de outro. E aqui permita-me chamar sua atenção para o fato de que o intervalo entre a primeira fuga concretizada e a segunda fuga suposta é de poucos meses a mais do que o período geral de cruzeiro de nossas fragatas. E se o amante tivesse sido interrompido em sua primeira vilania pela necessidade de partir para o mar? E se tivesse aproveitado o primeiro momento do regresso para renovar os propósitos torpes ainda não completamente satisfeitos — ou não completamente satisfeitos *por ele?* Nada sabemos sobre todas essas coisas.

"Você dirá, contudo, que, no segundo caso, *não houve* fuga como imaginamos. Com certeza não — mas será que estamos preparados para dizer que não houve propósito frustrado? Além de St. Eustache, e talvez Beauvais, não encontramos pretendentes reconhecidos, declarados ou honrados à mão de Marie. Nada se diz acerca de qualquer outro homem. Quem é, então, o amante secreto, acerca de quem os parentes (*pelo menos, a maioria deles*) nada sabem, mas com quem Marie se encontra na manhã de domingo e que tem sua plena confiança a ponto de ela não hesitar em permanecer com ele até que caiam as sombras do anoitecer, no meio do matagal solitário da Barrière du Roule? Quem é esse amante secreto, pergunto, acerca de quem a *maioria* dos parentes nada sabe? E o que significa a profecia de Madame Rogêt na manhã da partida de Marie? — 'Temo que nunca mais verei Marie novamente'.

"Mas, se não podemos imaginar que Madame Rogêt estivesse a par dos planos de fuga, será que não podemos pelo menos supor que esses planos tenham sido cogitados pela moça? Ao sair de casa, ela deu a entender que ia visitar a tia na Rua des Drômes, e St. Eustache ficou incumbido de ir buscá-la ao anoitecer. Ora, à primeira vista, esse fato vai totalmente contra minha sugestão; — mas vamos refletir um pouco. Que ela *de fato* encontrou alguma companhia e seguiu com essa pessoa até o outro lado do rio, chegando à Barrière du Roule por volta das três horas da tarde, isso é sabido. Mas, ao consentir em acompanhar essa pessoa (*por qualquer razão — conhecida ou não pela mãe*), ela deve ter pensado em sua intenção declarada quando saiu de casa, e na surpresa e na suspeita que seriam despertadas no peito de seu pretendente, St. Eustache, quando, ao ir buscá-la no horário combinado, na Rua des Drômes, ele descobrisse que ela não tinha estado lá, e quando, além disso, ao regressar para a *pension* com essa notícia alarmante, ele ficasse sabendo de sua prolongada ausência de casa. Ela deve ter pensado nessas coisas, digo eu. Deve ter previsto o sofrimento de St. Eustache e a suspeita de todos. Pode ter pensado em não voltar para enfrentar essa suspeita; mas a suspeita torna-se um ponto de importância trivial para ela se supomos que *não* pretende voltar.

"Podemos imaginar que ela pensou assim —'Irei me encontrar com certa pessoa com o propósito de fugir ou com certos outros propósitos que só eu conheço. É necessário que não haja interrupção — deve haver tempo suficiente para evitar uma busca — darei a entender que irei visitar minha tia e que passarei o dia na Rua des Drômes — direi a St. Eustache para ir me buscar apenas ao anoitecer — assim, minha ausência de casa pelo período mais longo possível, sem causar suspeita ou ansiedade, terá uma justificativa, e ganharei mais tempo do que de qualquer outra forma. Se eu pedir para St. Eustache ir me buscar ao anoitecer, com certeza ele não aparecerá antes disso; mas, se eu não pedir que vá me buscar, meu tempo para escapar será menor, pois todos esperarão que eu volte mais cedo e minha ausência logo provocará ansiedade.

Ora, se fosse minha intenção voltar *de fato* — se eu estivesse considerando apenas um passeio com a pessoa em questão —, não seria meu plano pedir que St. Eustache fosse me buscar, já que, assim, ele com *certeza* descobriria que o enganei — um fato sobre o qual posso mantê-lo em ignorância para sempre, saindo de casa sem o avisar de minha intenção, voltando antes do anoitecer e depois afirmando que estivera visitando minha tia na Rua des Drômes. Mas, como meu plano é *nunca* voltar — ou pelo menos não voltar por algumas semanas — ou até que certos elementos sejam ocultados —, o ganho de tempo é o único ponto com que devo me preocupar'.

"Você já observou, em suas anotações, que a opinião prevalecente em relação a esse triste caso é, e foi desde o início, que a moça foi vítima de *um bando* de malfeitores. Ora, a opinião pública, em certas condições, não deve ser negligenciada. Quando surge naturalmente — quando se manifesta de forma estritamente espontânea — deve ser considerada como análoga àquela *intuição* que é a idiossincrasia do gênio individual. Em noventa e nove casos entre cem, eu me guiaria por sua decisão. Mas é importante que não haja vestígios palpáveis de *sugestão*. A opinião deve ser rigorosamente do *próprio público*; e, com frequência, a distinção é extremamente difícil de se perceber e manter. No presente caso, parece que essa 'opinião pública' com respeito a um *bando* foi superinduzida pelo evento colateral que é detalhado no terceiro de meus fragmentos. Toda Paris está agitada com a descoberta do cadáver de Marie, uma jovem bonita e conhecida. Esse cadáver é encontrado com marcas de violência e flutuando no rio.

Mas agora é divulgado que, no mesmo período ou por volta do mesmo período em que a moça foi assassinada, uma violência de natureza semelhante àquela sofrida pela falecida, embora de menor gravidade, foi perpetrada por um bando de jovens malfeitores contra a pessoa de uma segunda moça. Não é surpreendente que uma atrocidade conhecida possa influenciar o julgamento popular com relação a uma atrocidade desconhecida? Esse julgamento estava à espera de uma direção, e a violência conhecida pareceu fornecê-la oportunamente! Marie também foi encontrada no rio; e nesse mesmo rio foi cometida essa violência conhecida. A conexão entre os dois eventos tinha em si tantos elementos palpáveis que a verdadeira surpresa teria sido se a população *deixasse* de apreciá-la e apossar-se dela. Mas, na realidade, a atrocidade que sabemos ter sido cometida é, quando muito, prova de que a outra, cometida em um momento quase coincidente, *não* foi assim cometida. Teria sido de fato um milagre se, enquanto um bando de malfeitores estivesse perpetrando, em determinado local, uma atrocidade inaudita, houvesse outro bando semelhante, em um local semelhante, na mesma cidade, nas mesmas circunstâncias, com os mesmos meios e instrumentos, envolvido em uma atrocidade precisamente do mesmo tipo, precisamente no mesmo período! Entretanto, em quê, a não ser nessa surpreendente sequência de coincidências, a opinião acidentalmente *sugerida* da população nos leva a acreditar?

"Antes de prosseguir mais um pouco, vamos considerar a suposta cena do assassinato, no matagal da Barrière du Roule. Esse matagal, embora denso, fica próximo de uma via pública. Dentro dele há três ou quatro pedras grandes, formando um tipo de assento, com encosto e apoio para os pés. Na pedra superior foi descoberta uma anágua branca; na segunda, uma echarpe de seda. Uma sombrinha, luvas e um lenço de bolso também foram ali encontrados. O lenço trazia o nome 'Marie Rogêt'. Fragmentos de um vestido foram vistos nos galhos ao redor. O solo estava pisoteado, os arbustos estavam quebrados e havia muitos vestígios de uma luta violenta.

"Não obstante a aclamação com a qual a descoberta desse matagal foi recebida pela imprensa, e a unanimidade da suposição que indicava o local preciso da atrocidade, devemos admitir que havia uma razão muito boa para duvidar. Que *era* o local, posso ou não acreditar — mas havia uma razão excelente para duvidar. Se o local *verdadeiro* fosse, como sugeriu o *Le Commerciel*, na vizinhança da Rua Pavée St. Andrée, é óbvio que os criminosos, supondo que ainda residissem em Paris, teriam ficado aterrados com a atenção pública tão aguçadamente voltada para o canal adequado; e, em certas classes de intelecto, teria surgido de imediato uma noção da necessidade de algum esforço para desviar essa atenção. E assim, tendo já sido o matagal da Barrière du Roule alvo de suspeita, a ideia de colocar as peças onde haviam sido encontradas deve ter sido naturalmente considerada. Não há prova real, embora o *Le Soleil* assim suponha, de que as peças descobertas estivessem há mais de poucos dias no matagal, embora existam muitas provas circunstanciais de que elas não poderiam ter permanecido ali sem chamar a atenção durante os vinte dias entre o domingo fatídico e a tarde em que foram encontradas pelos meninos. 'Estavam todas muito *mofadas*, diz o *Le Soleil*, adotando as opiniões de seus predecessores, 'pela ação da chuva e coladas por causa do *mofo*. A grama havia crescido sobre algumas das peças e ao redor delas. A seda da sombrinha era resistente, mas os fios do tecido estavam aglomerados no interior. A parte superior, onde o tecido era duplo e dobrado, estava toda *mofada* e apodrecida, e rompeu-se ao ser aberta'. Com relação à grama ter 'crescido sobre algumas das peças e ao redor delas', é óbvio que o fato apenas poderia ter sido apurado a partir das palavras e, portanto, das lembranças, de dois garotinhos; isso porque esses garotos removeram as peças e as levaram para casa antes que tivessem sido vistas por terceiros. Mas a grama chega a crescer, especialmente em tempo quente e úmido (como o do período do assassinato), cinco ou seis centímetros em um único dia. Uma sombrinha deixada sobre um terreno com grama recente pode, em uma única semana, ficar totalmente escondida da vista pela vegetação crescente. E, no tocante ao *mofo* no qual o editor do *Le Soleil* insiste de forma tão obstinada a ponto de utilizar a palavra pelo menos três vezes no curto parágrafo mencionado, será que ele de fato não sabe qual é a natureza desse *mofo*? Será preciso dizer-lhe que é uma das muitas classes de *fungos*, cuja característica mais comum é o aparecimento e a deterioração em vinte e quatro horas?

"Vemos assim, num relance, que o argumento citado de forma tão triunfante para corroborar a ideia de que as peças haviam estado 'pelo menos três ou quatro semanas' no matagal é totalmente nulo com relação a qualquer evidência desse fato. Por outro lado, é extremamente difícil acreditar que essas peças poderiam ter ficado no matagal especificado por mais de uma semana — por um período mais longo do que de um domingo ao outro. Aqueles que conhecem alguma coisa dos arredores de Paris sabem da extrema dificuldade de se encontrar *isolamento*, a não ser a uma grande distância dos subúrbios. Um recanto inexplorado ou mesmo pouco frequentado, entre seus bosques ou arvoredos, é algo inimaginável. Que o procure quem, sendo no fundo um amante da natureza, ainda esteja forçosamente preso à poeira e ao calor dessa grande metrópole — quem, mesmo durante os dias úteis, deseje saciar a sede de solitude entre as cenas de encanto natural que imediatamente nos cercam. A cada dois passos, ele verá o charme crescente ser dispersado pela voz e pela intromissão pessoal de algum rufião ou bando de patifes beberrões. Buscará privacidade entre a folhagem mais densa, tudo em vão. Aí estão os recessos onde os imundos mais proliferam — aí estão os templos mais profanados. Com o coração pesado, o caminhante fugirá correndo de volta para a Paris poluída como para uma bacia de poluição menos odiosa porque menos incongruente. Mas, se os arredores da cidade estão tão sitiados durante os dias úteis da semana, muito mais no Sabá! Especialmente nesse momento, liberado das exigências do trabalho, ou privado das costumeiras oportunidades de crime, o vilão urbano busca as cercanias da cidade, não por amor à cena rural, que ele no fundo despreza, mas como meio de escapar das limitações e das convencionalidades da sociedade. Ele não deseja o ar puro e as árvores verdes, mas sim a completa *licença* do campo. Ali, na pousada de beira de estrada ou embaixo da folhagem dos bosques, ele se entrega, livre de qualquer observação, exceto a de seus alegres companheiros, a todos os excessos alucinados de uma hilaridade falsa — o fruto conjunto da liberdade e do rum. Nada mais digo sobre o que deve ser óbvio para qualquer observador imparcial quando repito que a circunstância das peças em questão, permanecendo descobertas por um período mais longo que de um domingo ao outro, em *qualquer* matagal na vizinhança próxima de Paris, deve ser vista como quase milagrosa.

"Mas não faltam outros motivos para a suspeita de que as peças foram colocadas no matagal com o objetivo de desviar a atenção da verdadeira cena da atrocidade. E, primeiramente, deixe-me chamar sua atenção para a *data* da descoberta das peças. Compare-a com a data do quinto fragmento que coletei usando os jornais. Você vai notar que a descoberta seguiu, quase imediatamente, os comunicados urgentes enviados ao vespertino. Esses comunicados, embora variados e aparentemente vindos de diferentes fontes, convergiam todos para o mesmo ponto — em outras palavras, dirigir a atenção para um *bando* como sendo o perpetrador da atrocidade e para a vizinhança da Barrière du Roule como sua cena. Ora, aqui, é claro, a situação não é a de que, em consequência desses comunicados ou da atenção pública atraída por eles, as peças tenham sido encontradas pelos meninos; mas a suspeita poderia e pode bem ser de que as peças não foram encontradas *antes* pelos meninos porque não haviam estado antes no matagal; foram depositadas ali apenas em data posterior ou um pouco antes da data dos comunicados pelos próprios culpados, autores desses comunicados.

"Esse matagal era singular — extraordinariamente singular. Era particularmente denso. Dentro de seu espaço recluso havia três pedras extraordinárias, *formando um assento com encosto e apoio para os pés*. E esse matagal, tão pleno de arte natural, ficava na vizinhança, *a poucos metros* da residência de Madame Deluc, cujos filhos tinham o hábito de vasculhar atentamente as moitas próximas em busca da casca do sassafrás. Seria uma aposta temerária — uma aposta de mil contra um — que nunca tenha se passado *um dia* sem que pelo menos um desses meninos fosse encontrado escondido nesse espaço sombreado e acomodado em seu trono natural? Aqueles que hesitarem diante dessa aposta nunca foram meninos ou esqueceram a natureza das crianças. Repito — é extremamente difícil compreender como as peças poderiam permanecer nesse matagal por mais de um ou dois dias sem serem descobertas; e que, portanto, há bons fundamentos para suspeitar, apesar da ignorância dogmática do *Le Soleil*, que, em uma data comparativamente posterior, elas tenham sido depositadas onde foram encontradas.

"Mas ainda há outras razões, mais fortes do que qualquer uma que aleguei até agora, para acreditar que foram assim depositadas. E, agora, permita-me chamar sua atenção para a disposição altamente artificial das peças. Na pedra *superior*, havia uma anágua branca; na *segunda*, uma echarpe de seda; espalhados em volta, havia uma sombrinha, luvas e um lenço de bolso com o nome 'Marie

Rogêt'. Há ali uma disposição tal como seria *naturalmente* feita por uma pessoa pouco perspicaz querendo arrumar as peças *naturalmente*. Mas esse não é, de modo algum, um arranjo *realmente* natural. Eu esperaria ver as coisas *todas* jogadas no chão e pisoteadas. Nos limites estreitos daquele espaço, seria quase impossível que a anágua e a echarpe continuassem sobre as pedras quando submetidas aos movimentos agitados de muitas pessoas em luta. 'Havia vestígios de uma luta', foi dito; 'e a terra estava pisoteada, os arbustos estavam quebrados', — mas a anágua e a echarpe foram encontradas depositadas como se estivessem em prateleiras. 'Os pedaços do vestido rasgados pelos arbustos tinham aproximadamente sete centímetros de largura e quinze de comprimento. Uma parte era a barra do vestido e havia sido remendada. *Pareciam tiras rasgadas'*. Aqui, inadvertidamente, o *Le Soleil* usou uma frase extremamente suspeita. Os pedaços, conforme descritos, 'parecem mesmo tiras rasgadas'; mas propositadamente e à mão. É um dos acidentes mais raros um pedaço ser 'arrancado' de qualquer vestimenta, como nesse caso, pela ação de *um espinho*. Considerando a própria natureza desses tecidos, um espinho ou prego que ficasse preso neles causaria um rasgo que os dividiria em dois pedaços longitudinais, em ângulo reto entre eles, e encontrando-se no ápice onde o espinho entra —, mas é quase impossível conceber que o pedaço foi 'arrancado'. Nunca vi isso, nem você. Para *arrancar* um pedaço desse tecido, duas forças distintas, em direções diferentes, são quase sempre necessárias. Se houver duas bordas no tecido — se, por exemplo, for um lenço de bolso, e alguém quiser rasgar uma tira dele, então, e apenas então, uma só força alcançará o propósito. Mas, no caso presente, a questão é um vestido, que apresenta apenas uma borda. Rasgar um pedaço da parte interna, que não tem borda, é algo que só poderia ser feito por milagre pela ação de espinhos, e apenas *um* espinho não conseguiria fazer isso. Mas, mesmo quando existe uma borda, dois espinhos são necessários, um deles agindo em duas direções diferentes e o outro em uma direção. E isso supondo que a borda não tem barra. Se houver uma barra, isso está praticamente fora de questão. Vemos então os inúmeros e grandes obstáculos no modo como os pedaços poderiam ser "arrancados" pela simples ação de 'espinhos'; contudo, somos instados a crer que não apenas um pedaço, mas muitos foram assim arrancados. 'E uma parte', também, *'era a barra do vestido!* Outro pedaço era *'parte da saia, não a barra'* —, o que significa que ela foi completamente arrancada, pela ação de espinhos, da parte interna do vestido! Pode-se muito bem perdoar uma pessoa por não acreditar nessas coisas; entretanto, consideradas no conjunto, elas formam, talvez, um motivo de suspeita menos razoável do que a circunstância surpreendente de as peças terem sido deixadas no matagal por *assassinos* que demonstraram precaução suficiente para remover o cadáver. Você não me terá compreendido corretamente, no entanto, se supuser que meu objetivo é *negar* que esse matagal seja a cena da atrocidade. Pode ter havido um crime *ali*, ou, mais possivelmente, um acidente na casa de Madame Deluc. Mas, na realidade, esse é um ponto de menor importância. Não estamos empenhados na tentativa de descobrir o local do crime, mas de apresentar os assassinos. O que mencionei, a despeito da minúcia com a qual o mencionei, foi com a intenção, em primeiro lugar, de mostrar o despropósito das declarações categóricas e precipitadas do *Le Soleil*, mas, em segundo lugar e principalmente, de levá-lo, pelo caminho mais natural, a questionar se esse assassinato foi ou não obra de *um bando*.

"Retomemos essa questão simplesmente aludindo aos detalhes revoltantes fornecidos pelo médico interrogado no inquérito. Basta dizer que suas *inferências* publicadas com relação ao número de malfeitores foram completamente ridicularizadas por todos os anatomistas respeitáveis de Paris como sendo injustas e totalmente infundadas. Não que o caso *não pudesse* ser assim inferido, mas por não haver terreno para tal inferência: — não havia terreno suficiente para outra inferência?

"Vamos refletir agora sobre os 'vestígios de uma luta'; e deixe-me perguntar o que esses vestígios supostamente demonstram. Um bando. Mas será que não demonstram mais a ausência de um bando? Que *luta* poderia ter havido — que luta tão violenta e tão longa entre uma moça fraca e indefesa e o *bando* de malfeitores imaginado — a ponto de deixar seus 'vestígios' em todos os cantos? O aperto silencioso de alguns braços rudes e tudo estaria terminado. A vítima deve ter ficado absolutamente passiva à vontade deles. Tenha em mente que os argumentos levantados contra o matagal ser a cena são aplicáveis, na maior parte, apenas contra ser ele a cena de uma atrocidade cometida por *mais de um indivíduo*. Se imaginarmos apenas *um* criminoso, poderemos conceber, e apenas assim conceber, uma luta de natureza tão violenta e obstinada que deixou os 'vestígios' aparentes.

"E, mais uma vez. Já mencionei a suspeita a ser levantada pelo fato de que as peças em questão foram deixadas *de fato* no matagal onde foram descobertas. Parece quase impossível que essas evidências de culpa tenham sido deixadas acidentalmente onde foram encontradas. Houve suficiente presença de espírito (supõe-se) para remover o cadáver; e, no entanto, uma evidência mais robusta do que o próprio cadáver (cujos traços poderiam ter sido rapidamente obliterados pela decomposição) foi deixada conspicuamente na cena da atrocidade — refiro-me ao lenço com o *nome* da falecida. Se isso foi um acidente, não foi o acidente de *um bando*. Podemos imaginar apenas que foi o acidente de um indivíduo. Vejamos. Um indivíduo cometeu o assassinato. Ele está sozinho com o fantasma da falecida. Está aterrado com o corpo que jaz imóvel diante dele. A fúria de sua paixão passou e há espaço abundante em seu coração para a natural estupefação do ato. Não existe nele aquela confiança que a presença de vários integrantes inevitavelmente inspira. Ele está *sozinho* com a morta. Treme e está atordoado. No entanto, é necessário dispor do cadáver. Ele o leva até o rio, mas deixa para trás as outras evidências da culpa; pois é difícil, senão impossível, carregar todos os objetos de uma vez, e será mais fácil voltar para recolher o que ficou para trás. Mas, em sua penosa jornada até a água, os medos são duplicados dentro dele. Os sons da vida cercam seu caminho. Uma dúzia de vezes ele ouve ou imagina ouvir os passos de um observador. Até mesmo as luzes da cidade o atordoam.

Mas, por fim e com longas e frequentes pausas de profunda agonia, ele chega à beira do rio e dispõe de seu horripilante fardo — talvez por meio de um barco. Porém, *agora*, que tesouro o mundo apresenta — que ameaça de vingança pode oferecer — que tenha o poder de obrigar o retorno desse assassino solitário por aquele caminho árduo e perigoso até o matagal e suas lembranças horripilantes? Ele *não* retorna, não importa quais possam ser as consequências. Ele não *consegue* retornar, mesmo que queira. Seu único pensamento é a fuga imediata. Ele dá as costas *para sempre* àqueles arbustos pavorosos e foge da fúria que se aproxima.

"Mas, e no caso de um bando? O número de integrantes teria insuflado a todos com confiança; se é que, de fato, jamais falta confiança no peito do vilão consumado; e apenas de vilões consumados os *bandos* são formados. O número de integrantes, digo eu, teria impedido o terror atordoante e irracional que, imagino, paralisou o homem solitário. Se pudéssemos supor o descuido de um, ou dois, ou três, esse descuido teria sido corrigido por um quarto integrante. Eles não teriam deixado nada para trás; pois o seu número teria permitido que carregassem *tudo* de uma só vez. Não haveria necessidade de *retornar*.

"Considere agora a circunstância de que, na parte externa da vestimenta do cadáver, quando foi encontrado, 'uma tira, com cerca de trinta centímetros de largura, havia sido rasgada da barra inferior até a cintura, estava enrolada três vezes ao redor da cintura e presa por um tipo de fecho nas costas'. Isso foi feito com o propósito óbvio de criar uma *alça* para carregar o corpo. Mas será que qualquer *quantidade* de homens teria sonhado em recorrer a tal expediente? Para três ou quatro pessoas, os membros do cadáver teriam constituído não apenas a maneira suficiente, mas a melhor maneira de carregá-lo. Esse recurso foi engendrado por um único indivíduo; e isso nos leva ao fato de que 'entre o matagal e o rio, as travessas das cercas foram encontradas derrubadas, e o chão apresentava vestígios evidentes de que algum fardo pesado havia sido arrastado por ali!' Mas, será que *vários* homens teriam se dado ao trabalho supérfluo de derrubar uma cerca com o propósito de arrastar um cadáver que eles poderiam ter *erguido* por cima de qualquer cerca em um instante? Será que *vários* homens teriam *arrastado* assim um cadáver e deixado *vestígios* evidentes desse movimento?

"E aqui precisamos mencionar uma observação do *Le Commerciel*; uma observação que, de alguma forma, já comentei. Diz esse jornal: 'Um pedaço de uma das anáguas da infeliz jovem foi rasgado e amarrado sob seu queixo, em torno da nuca, provavelmente para impedir gritos. Isso foi feito por sujeitos que não carregam lenços de bolso'".

"Sugeri anteriormente que um verdadeiro vilão nunca anda *sem* lenço de bolso. Mas não é para esse fato que agora aludo em particular. Não foi por falta de um lenço, para o propósito imaginado pelo *Le Commerciel*, que essa bandagem foi utilizada, e isso fica evidente pelo lenço deixado no matagal; e que o objetivo não era 'impedir gritos' também fica claro pelo fato de que a bandagem foi utilizada em lugar daquilo que teria satisfeito muito melhor o propósito. Mas o teor dos testemunhos fala na tira em questão sendo 'encontrada em volta do pescoço, enrolada frouxamente e presa por um nó apertado'. Essas palavras são bem vagas, mas diferem substancialmente daquelas do *Le Commerciel*. A tira tinha quarenta e cinco centímetros de largura e, portanto, embora fosse de musselina, formaria uma faixa resistente quando dobrada ou torcida longitudinalmente. E ela foi descoberta assim torcida. Minha inferência é a seguinte. O assassino solitário, depois de carregar o cadáver por uma certa distância (saindo do matagal ou de outro local), usando a bandagem *amarrada* em volta da cintura, sentiu que o peso, nesse procedimento, era demasiado para sua força. Resolveu arrastar o fardo — e as evidências demonstram que ele *foi de fato* arrastado. Com esse objetivo em mente, foi necessário atar algo como uma corda a uma das extremidades. Seria melhor atá-la ao redor do pescoço, pois a cabeça impediria que escorregasse. Então, o assassino considerou, sem sombra de dúvida, a bandagem ao redor dos quadris. Ele teria usado isso, a não ser pelo fato de que ela estava enrolada no cadáver, o *fecho* atrapalhava e, como demonstrei, não havia sido 'rasgada' da vestimenta. Era mais fácil rasgar uma nova tira da anágua. Ele a rasgou, amarrou-a em torno do pescoço e assim *arrastou* sua vítima até a beira do rio. Que essa 'bandagem', disponível apenas depois de dificuldade e atraso e que serviu de modo imperfeito ao seu propósito —, que essa bandagem tenha sido *de fato* utilizada demonstra que a necessidade de seu uso surgiu de circunstâncias existentes quando o lenço não estava mais disponível — quer dizer, ela surgiu, como já imaginamos, depois que ele deixou o matagal (se é que era no matagal), e no caminho entre o matagal e o rio.

"Mas o testemunho, você dirá, de Madame Deluc (!) aponta em especial para a presença de *um bando* na vizinhança do matagal, no momento do assassinato ou perto dele. Isso eu concedo. Duvido que não houvesse uma *dúzia* de bandos, conforme a descrição de Madame Deluc, perto da vizinhança da Barrière du Roule no período ou *por volta* do período dessa tragédia. Mas o bando que atraiu para si a recriminação intensa, apesar do testemunho um pouco tardio e muito suspeito de Madame Deluc, é o *único* bando que aquela senhora honesta e escrupulosa descreve como tendo comido seus bolos e bebido seu conhaque, sem se dar ao trabalho de fazer o pagamento. *Et hinc illæ iræ?*[28]

"Mas qual é exatamente a prova fornecida por Madame Deluc? 'Apareceu um bando de patifes que se comportaram fazendo balbúrdia, comeram e beberam sem pagar, seguiram o rumo do rapaz e da jovem, voltaram à hospedaria *ao entardecer* e cruzaram o rio como se estivessem com grande pressa.'

"Ora, essa 'grande pressa' muito possivelmente pareceu pressa *ainda maior* aos olhos de Madame Deluc, pois ela ficou discorrendo e se lamentando por causa dos bolos e da cerveja maculados — bolos e cerveja pelos quais talvez ainda nutrisse uma leve esperança de

---

[28] Expressão em latim que significa "*e de onde vem essa ira?*"

compensação. De outra forma, por que insistiria ela na *pressa*, pois que era *ao entardecer*? Não causa espanto, com certeza, que até mesmo um bando de malfeitores tenha *pressa* para chegar em casa quando um rio largo deve ser atravessado em pequenos barcos, quando uma tormenta é iminente e quando a noite se *aproxima*.

"Digo se *aproxima*; pois a noite *ainda não tinha chegado*. Foi apenas *ao entardecer* que a pressa indecente desses 'patifes' ofendeu os olhos sóbrios de Madame Deluc. Mas sabemos que foi nessa mesma noite que Madame Deluc 'ouviu gritos de mulher nas redondezas da hospedaria', bem como seu filho mais velho. E com que palavras Madame Deluc designa o período da noite em que esses gritos foram ouvidos? 'Foi *logo após o anoitecer*', diz ela. Mas, 'logo *após* o anoitecer', é, no mínimo, *noite*; e, ao '*entardecer*', certamente há luz do dia. Assim, fica perfeitamente claro que o bando deixou a Barrière du Roule *antes* dos gritos ouvidos (?) por Madame Deluc. E, embora em todos os relatos das provas as relativas expressões em questão sejam distinta e invariavelmente utilizadas exatamente assim como eu as empreguei nesta conversa com você, nenhuma observação acerca dessa flagrante discrepância foi feita, até agora, por qualquer um dos jornais ou por qualquer um dos agentes da polícia.

"Vou acrescentar apenas mais um argumento contra a ideia de *um bando*; mas *este* tem, pelo menos na minha cabeça, um peso totalmente irresistível. Nas circunstâncias da grande recompensa oferecida e do completo perdão para quem passasse de cúmplice a testemunha, não se pode imaginar, por um momento sequer, que algum membro de *um bando* de baixos malfeitores, ou de qualquer grupo de homens, já não tivesse há muito tempo traído seus comparsas. O membro de um bando, colocado nessa situação, não é tão cobiçoso de recompensa ou ansioso por fuga, mas sim *temeroso de traição*. Ele trai com avidez e pressa para que *ele mesmo não seja traído*. O segredo não ser revelado é a melhor prova de que é de fato um segredo. Os horrores desse ato obscuro são conhecidos por apenas *um*, ou talvez dois, seres humanos vivos, e por Deus.

"Vamos agora resumir os parcos, porém firmes, frutos de nossa longa análise. Chegamos à ideia, ou de um acidente fatal sob o teto de Madame Deluc, ou de um assassinato cometido no matagal da Barrière du Roule por um amante ou pelo menos por uma pessoa íntima ou ligada secretamente à falecida. Essa pessoa tem pele morena. Esse tom de pele, o 'fecho' na bandagem e o 'nó de marinheiro' que prendia o cordão da touca apontam para um homem do mar. Sua amizade com a falecida, uma moça alegre mas não vulgar, coloca-o acima da categoria de marinheiro comum. Aqui os comunicados bem escritos e urgentes aos jornais servem bem de corroboração. As circunstâncias da primeira fuga, conforme mencionadas pelo *Le Mercurie,* tendem a misturar a ideia desse homem do mar com a do 'oficial naval' que é conhecido por ter inicialmente levado a infeliz para a infâmia.

E aqui, muito adequadamente, cabe a consideração sobre a ausência prolongada desse homem de pele morena. Permita-me uma pausa para observar que a pele desse homem é escura e morena; não foi uma morenice comum que constituiu a única lembrança, tanto de Valence quanto de Madame Deluc. Mas por que esse homem está ausente? Terá sido assassinado pelo bando? Nesse caso, por que há *vestígios* apenas da *moça* assassinada? Naturalmente, a suposição é de que a cena das duas atrocidades seja idêntica. E onde está o cadáver dele? Os assassinos muito provavelmente teriam se livrado dos dois da mesma maneira. Mas pode-se dizer que esse homem está vivo e não se apresenta por medo de ser acusado de assassinato. Pode-se supor que essa consideração age sobre ele agora — nesse período já tardio —, pois ela foi oferecida como prova de que ele foi visto com Marie — mas não teve força na época do ato. O primeiro impulso de um homem inocente teria sido comunicar a atrocidade e ajudar a identificar os malfeitores. Essa seria a *atitude* recomendável. Ele tinha sido visto com a moça. Tinha cruzado o rio com ela em uma balsa aberta. A denúncia contra os assassinos teria parecido, até mesmo para um idiota, a forma mais segura e a única de se livrar da suspeita. Não podemos supor que, na noite do domingo fatal, ele ao mesmo tempo fosse inocente e ignorasse uma atrocidade cometida. No entanto, apenas nessas circunstâncias é possível imaginar que, se estivesse vivo, ele tivesse deixado de denunciar os assassinos.

"E quais são os nossos meios para chegar à verdade? Verificaremos que esses meios se multiplicam e ganham nitidez à medida que avançarmos. Vamos examinar com cuidado esse caso da primeira fuga. Vamos buscar a história completa do 'oficial da marinha', com suas circunstâncias atuais e seu paradeiro no momento preciso do assassinato. Vamos comparar cuidadosamente os vários comunicados enviados ao jornal vespertino, cujo objetivo era culpar *um bando*. Feito isso, vamos comparar esses comunicados, com relação ao estilo e ao manuscrito, com aqueles que foram enviados ao jornal matutino em período anterior, que insistiam com tanta veemência na culpa de Mennais. E, depois de tudo isso feito, vamos novamente comparar esses vários comunicados com o manuscrito do oficial. Vamos tentar descobrir, por meio dos repetidos interrogatórios de Madame Deluc e seus filhos, bem como do condutor do ônibus, Valence, alguma informação a mais sobre a aparência pessoal e o comportamento do 'homem de pele morena'. Investigações conduzidas com destreza irão extrair, com a participação de algumas das partes, informações acerca desse ponto particular (ou de outros) — informações que as próprias partes talvez nem saibam que possuem. E vamos agora rastrear *o barco* recolhido pelo barqueiro na manhã de segunda-feira, dia vinte e três de junho, e que foi removido da garagem das barcas sem o conhecimento do encarregado e *sem o leme*, em algum momento antes da descoberta do cadáver. Com os devidos cuidados e perseverança, vamos certamente conseguir rastrear esse barco; pois não apenas o barqueiro que o recolheu pode identificá-lo, mas também o *leme está ao nosso alcance*. O leme de *um barco à vela* não teria sido abandonado por alguém, sem indagações, em total paz de espírito. E aqui deixe-me fazer uma pausa para levantar uma questão.

Não houve *anúncio* de que esse barco tenha sido recolhido. Ele foi silenciosamente levado à garagem das barcas e removido muito silenciosamente. Mas o seu proprietário ou seu empregador — como *é possível* que ele, já na manhã de terça-feira, tenha sido informado sobre a localização do barco recolhido na segunda-feira sem o auxílio de um anúncio, a menos que imaginemos alguma conexão com a *marinha* — alguma conexão pessoal permanente que levasse ao seu conhecimento os mínimos interesses — as insignificantes notícias locais?

"Falando do assassino solitário que arrasta seu fardo até a margem, já sugeri a possibilidade de ele ter usado *um barco*. Ora, devemos ter em mente que Marie Rogêt *foi* jogada de um barco. Naturalmente, teria sido isso o que ocorreu. O cadáver não poderia ter sido confiado às águas rasas da margem. As marcas peculiares nas costas e nos ombros da vítima indicam a estrutura do fundo de um barco. O fato de que o corpo foi encontrado sem pesos amarrados também corrobora essa ideia. Se tivesse sido jogado da margem, um peso teria sido nele amarrado. Só podemos explicar ausência desse peso supondo que o assassino tenha negligenciado a precaução de o ter providenciado antes de navegar. No momento de entregar o cadáver às águas, ele teria notado, sem dúvida, o seu descuido; mas, então, não haveria solução possível. Qualquer risco teria sido melhor do que um regresso àquele local amaldiçoado. Após se livrar de sua horrível carga, o assassino teria partido apressadamente para a cidade. Ali, em algum ancoradouro obscuro, teria saltado em terra firme. Mas o barco — teria ele amarrado o barco? Ele estaria com pressa demais para coisas como essa. Além disso, ao prendê-lo ao ancoradouro, ele teria a sensação de estar prendendo provas contra si mesmo. Seu pensamento natural teria sido o de afastar de si, para o mais longe possível, tudo o que tivesse conexão com seu crime. Ele não apenas teria fugido do ancoradouro, mas também não teria permitido que *o barco* ali permanecesse. Com certeza, ele o teria deixado à deriva. Vamos seguir nossa imaginação. — De manhã, o miserável é tomado por indizível horror ao descobrir que o barco foi recolhido e detido em um local que ele tem o hábito de frequentar diariamente — em um local, talvez, que o seu dever o obriga a frequentar. Na noite seguinte, *sem ousar pedir o leme*, ele o remove dali. Ora, *onde* estará esse barco sem leme? Que um dos nossos primeiros propósitos seja descobrir isso. Com o primeiro indício assim obtido, o raiar de nosso êxito terá início. Esse barco nos guiará, com uma rapidez que surpreenderá até a nós mesmos, àquele que o utilizou à meia-noite do Sabá fatal. Corroboração será seguida de mais corroboração, e o assassino será encontrado."

[Por motivos que não vamos especificar, mas que parecerão óbvios para muitos leitores, tomamos aqui a liberdade de omitir, do manuscrito colocado em nossas mãos, o trecho que detalha o *acompanhamento* da pista aparentemente insignificante obtida por Dupin. Julgamos apenas ser aconselhável afirmar de modo sucinto que o resultado desejado foi atingido; e que o Chefe de Polícia cumpriu pontualmente, embora com relutância, os termos de seu acordo com o Chevalier. O artigo do Sr. Poe conclui com as palavras seguintes. — *Eds.*[29]]

Fica entendido que estou falando de coincidências e *nada mais*. O que eu disse acima sobre este tópico deve ser suficiente. Em meu coração, não há fé no sobrenatural. Que a Natureza e seu Deus são duas coisas separadas, nenhum ser pensante o negará. Que este, criando aquela, pode, à sua vontade, controlá-la ou modificá-la, também é inquestionável. Digo, "à sua vontade" pois a questão aqui envolve a vontade e não, como presumiu a insanidade da lógica, o poder. Não que a Divindade *não possa* modificar suas leis, mas nós a insultamos ao imaginar uma possível necessidade de modificação. Em sua origem, essas leis foram criadas para abranger *todas* as contingências que *poderia* haver no Futuro. Com Deus, tudo é *Agora*.

Repito, então, que falo sobre essas coisas apenas como coincidências. E mais: naquilo que relato, será possível ver que, entre o destino da infeliz Mary Cecilia Rogers, na medida em que esse destino é conhecido, e o destino de uma certa Marie Rogêt até determinada época de sua história, existe um paralelo de exatidão maravilhosa que faz a razão ficar aturdida ao contemplá-lo. Digo que tudo isso será visto. Mas não suponhamos por um momento sequer que, ao prosseguir com a triste narrativa de Marie desde a época recém-mencionada, e ao rastrear até seu *dénouement* o mistério que a envolveu, seja meu desígnio oculto insinuar uma extensão desse paralelo, ou

---

[28] Da revista na qual o artigo foi publicado pela primeira vez.

mesmo sugerir que as medidas adotadas em Paris para a descoberta do assassino de uma *grisette*, ou que medidas fundamentadas em qualquer raciocínio semelhante, produziriam qualquer resultado semelhante.

Isso porque, com relação à parte posterior da suposição, devemos considerar que a mais insignificante variação nos fatos dos dois casos poderia dar origem aos mais importantes enganos, desviando completamente os dois cursos de acontecimentos; algo muito parecido, como em aritmética, com um erro que, em sua própria individualidade, pode não ser apreciado, mas que afinal produz, à força da multiplicação de todos os pontos do processo, um resultado com enorme discrepância com a verdade. E, com relação à parte anterior, não podemos deixar de considerar que o próprio Cálculo de Probabilidades que mencionei proíbe qualquer ideia de extensão do paralelo — proíbe com uma positividade sólida e decidida exatamente na proporção em que esse paralelo já foi longamente traçado e tornado exato. Essa é uma daquelas proposições anômalas que, aparentemente atraente para o pensamento totalmente apartado do pensamento matemático, é contudo algo que apenas o matemático pode considerar por completo. Nada, por exemplo, é mais difícil do que convencer o leitor apenas mediano de que o fato de o número seis ter sido obtido duas vezes seguidas por um jogador de dados é causa suficiente para apostar a maior quantia possível em que o número seis não será obtido na terceira tentativa. Uma sugestão como essa é normalmente rejeitada de imediato pelo intelecto. Não parece que as duas jogadas que foram concluídas, e que agora estão absolutamente no Passado, possam ter influência na jogada que existe apenas no Futuro. A chance de se obter o número seis parece estar precisamente como estava em qualquer tempo ordinário — quer dizer, sujeita apenas à influência das várias outras jogadas que podem ser feitas pelos dados. E essa é uma reflexão que parece tão extraordinariamente óbvia que tentativas de refutá-la são mais recebidas, na maior parte das vezes, com um sorriso jocoso do que com algo assim como atenção respeitosa. O erro aqui envolvido — um erro crasso, com cheiro de maldade — não posso pretender expô-lo dentro dos limites que me foram indicados no momento; e, para o pensamento filosófico, não há necessidade de exposição. Pode ser suficiente aqui dizer que ele compõe uma de uma série infinita de equívocos que surgem no caminho da Razão por sua tendência a buscar a verdade *no detalhe*.

A CARTA ROUBADA

Nil sapientiæ odiosius acumine nimio.[1] — *Seneca.*

Em Paris, logo após o anoitecer de uma tarde tempestuosa no outono de 18—, eu desfrutava o duplo luxo da meditação e das baforadas de um meerschaum[2] em companhia do meu amigo C. Auguste Dupin, em sua pequena biblioteca dos fundos, ou gabinete de leitura, *au troisième*, na *Rua Dunôt no. 33, Faubourg St. Germain*. Durante uma hora, pelo menos, havíamos mantido um profundo silêncio; eu e ele podíamos muito bem parecer, para qualquer observador casual, ocupados única e intencionalmente com as espirais de fumaça que tornavam densa a atmosfera do aposento. Quanto a mim,

---

[1] "Nada pode ser mais odioso à sabedoria do que o excesso de sagacidade". Embora aqui o aforismo seja atribuído a Sêneca, é em Petrarca que ele aparece, no sétimo diálogo do primeiro livro de sua obra *De remediis utriusque fortunae* [Remédios para a boa e a má sorte].

[2] Cachimbo feito do mineral sepiolita, um silicato hidratado de magnésio encontrado na Turquia e na costa do Mar Negro e denominado *meerschaum* em alemão.

porém, estava discutindo interiormente certos tópicos que haviam sido assunto de conversa entre nós naquela mesma tarde; refiro-me ao caso da Rua Morgue e ao mistério referente ao assassinato de Marie Rogêt. Considerei, portanto, como uma espécie de coincidência quando a porta de nosso apartamento se abriu de repente e deixou entrar nosso velho conhecido, Monsieur G——, o Chefe da polícia parisiense.

Oferecemos a ele uma acolhida cordial, pois o que aquele homem tinha de desprezível quase também tinha de divertido, e já havia vários anos que não o víamos. Estávamos sentados no escuro e então Dupin levantou-se para acender uma lamparina, mas sentou-se outra vez sem a ter acendido quando G—— disse que viera consultar-nos, ou melhor, viera pedir a opinião do meu amigo a respeito de um assunto oficial que havia ocasionado um grande transtorno.

"Se é algum assunto que requer reflexão," observou Dupin, desistindo de acender o pavio, "teremos maior proveito em examiná-lo no escuro."

"Essa é mais uma de suas teorias estranhas," disse o Chefe de Polícia, que tinha a mania de chamar de "estranho" tudo aquilo que estivesse além de sua compreensão e que, portanto, vivia entre uma absoluta legião de "estranhezas."

"É bem verdade," disse Dupin, enquanto oferecia um cachimbo ao visitante e empurrava para perto dele uma cadeira confortável.

"E qual é a dificuldade agora?" perguntei. "Nenhum outro assassinato, espero?"

"Ah, não; nada desse tipo. O fato é que o caso é na verdade *muito* simples, e não tenho dúvida de que nós mesmos conseguiremos dar conta dele bastante bem; mas pensei que Dupin gostaria de ouvir seus detalhes, porque ele é mesmo *estranho* demais."

"Simples e estranho," disse Dupin.

"Isso mesmo; e, ainda assim, não exatamente isso. O fato é que todos estamos bem intrigados porque a questão *é* tão simples e no entanto nos desconcerta inteiramente."

"Talvez seja a própria simplicidade da questão que os deixe desorientados," disse o meu amigo.

"Que tolices você *consegue* dizer! retrucou o Chefe de Polícia, rindo cordialmente.

"Talvez o mistério seja um pouco óbvio *demais*, disse Dupin.

"Oh, meu Deus! Quem é que já ouviu uma ideia dessas?"

"Um pouco evidente *demais*."

"Ha! ha! ha! — ha! ha! ha! — ho! ho! ho!" nosso visitante caiu na gargalhada, divertindo-se vivamente, "oh, Dupin, você ainda vai me matar de rir!"

"E qual *é*, afinal das contas, a história em questão?" perguntei.

"Bem, vou contar a vocês," respondeu o Chefe de Polícia, lançando uma longa, firme e contemplativa baforada, instalando-se na cadeira. "Vou contar em poucas palavras; mas, antes de começar, preciso avisá-los: esse é um caso que exige o maior sigilo e provavelmente perderei o cargo que hoje ocupo se souberem que o comentei com quem quer que seja."

"Continue," pedi.

"Ou não," disse Dupin.

"Bem, então; recebi informações particulares, das mais altas esferas, de que certo documento da maior importância foi roubado dos aposentos reais. O indivíduo que o roubou é conhecido; não há dúvida alguma; ele foi visto roubando-o. Também é sabido que o documento ainda permanece em suas mãos."

"Como é que isso é sabido?" perguntou Dupin.

"Isso se deduz claramente," respondeu o Chefe de Polícia, "da natureza do documento e da ausência de certos resultados que surgiriam de imediato se o ladrão *divulgasse* a sua posse; isto é, se ele o utilizasse com a finalidade a que se deve ter proposto."

"Seja um pouco mais explícito," pedi.

"Bem, só posso adiantar, no momento, que o papel confere a seu detentor determinado poder em determinado âmbito onde tal poder é imensamente valioso." O Chefe de Polícia apreciava o jargão diplomático.

"Ainda não compreendo bem," disse Dupin.

"Não? Pois bem; a revelação do documento a uma terceira pessoa, que deve permanecer incógnita, poria em xeque a honra de uma ilustre personagem da mais alta estirpe; e esse fato confere ao detentor do documento uma ascendência sobre a personagem ilustre cuja honra e paz estão desse modo ameaçadas."

"Mas essa ascendência," interpus, "dependeria de que o ladrão soubesse que a pessoa roubada soubesse que ele a roubou. Quem se atreveria a —"

"O ladrão," disse G., "é o Ministro D——, que se atreve a todas as coisas, tanto as dignas como as indignas de um homem. O método do roubo foi tão engenhoso quanto audacioso. O documento em questão — uma carta, para ser franco — havia sido recebida pela ilustre personagem roubada quando ela estava sozinha no *boudoir* real. Durante a leitura, ela foi subitamente interrompida pela entrada da outra ilustre personagem de quem desejava especialmente esconder a carta. Após uma tentativa apressada e inútil de enfiá-la em uma gaveta, ela se viu forçada a colocá-la, aberta como estava, sobre uma mesa. O sobrescrito, porém, ficou por cima, de modo que o conteúdo não ficou exposto e a carta passou despercebida. A essa altura, entra o Ministro D——. Seu olho de lince logo nota o papel, reconhece a letra do sobrescrito, observa a confusão da personagem que detém a carta e compreende o seu segredo. Após tratar de alguns negócios do seu jeito apressado de sempre, ele exibe uma carta um pouco parecida com a carta em questão, abre-a, finge que a lê e depois a justapõe à primeira. Mais uma vez, conversa por uns quinze minutos a respeito de questões públicas. Finalmente, ao ir embora, leva da mesa também a carta à qual não tem direito. A verdadeira proprietária viu isso, mas, é claro, não ousou chamar a atenção para o ato na presença da terceira personagem ilustre, que estava de pé junto dela. O ministro saiu, deixando sua própria carta — uma sem importância — em cima da mesa."

"Aí então," disse Dupin para mim, "tem-se exatamente o que é necessário para tornar a ascendência completa — o ladrão sabe que a pessoa roubada sabe que ele a roubou."

"Sim," respondeu o Chefe de Polícia; "e o poder assim obtido vem sendo manipulado com fins políticos há alguns meses, até chegar a um ponto perigoso. A pessoa roubada está a cada dia mais convencida da necessidade de reivindicar sua carta. Mas isso, é óbvio, não pode ser feito abertamente. Afinal, levada ao desespero, encarregou-me da questão."

"Suponho que ela não poderia," disse Dupin, em meio a uma perfeita espiral de fumaça, "ter desejado ou mesmo imaginado um agente mais sagaz."

"Você me lisonjeia," respondeu o Chefe de Polícia; "mas é bem possível que uma opinião como essa tenha sido levada em consideração."

"Fica claro," disse eu, "como o senhor bem assinala, que a carta ainda está na posse do ministro, já que é a posse, e não o emprego da carta, que confere o poder. Com o seu emprego, o poder termina."

"É verdade," disse G.; "e foi com essa convicção que eu prossegui. Meu primeiro cuidado foi fazer uma busca completa na residência do ministro; e aqui meu principal obstáculo consistiu na necessidade de fazer essa busca sem o conhecimento dele. Acima de tudo, fui avisado do perigo que resultaria caso lhe desse razões para suspeitar de nossas intenções."

"Mas," comentei, "o senhor está perfeitamente *au fait*[3] com essas investigações. A polícia parisiense já fez muitas coisas desse tipo."

---

[3] Acostumado.

"Ah, sim; e por isso não entrei em desespero. Os hábitos do ministro me ofereceram, também, uma grande vantagem. Ele se ausenta de casa a noite toda com frequência. Seus empregados não são numerosos. Eles dormem longe das dependências do patrão e, como são na maioria napolitanos, embriagam-se com facilidade. Como vocês sabem, tenho chaves que me permitem abrir qualquer aposento ou gabinete em Paris. Por três meses, não se passou uma só noite em que não eu estivesse pessoalmente engajado em revistar a Mansão D——. Minha honra está envolvida e, para mencionar um grande segredo, a recompensa é enorme. Portanto, não abandonei a busca até estar inteiramente convencido de que o ladrão é um homem mais astuto do que eu mesmo. Acredito ter investigado cada canto e cada recanto das dependências onde o papel possa estar escondido."

"Mas não é possível," sugeri, "que, embora o ministro detenha a posse da carta, como inquestionavelmente detém, ele talvez a tenha escondido em outro lugar que não seja a sua própria residência?"

"Isso é bem pouco possível," disse Dupin. "A atual condição peculiar dos assuntos da corte, e especialmente das intrigas nas quais sabemos que D—— está envolvido, tornaria a disponibilidade imediata do documento — a possibilidade de ser apresentado a qualquer instante — um aspecto quase tão importante quanto a sua posse."

"A possibilidade de ser apresentado?" perguntei.

"Isto é, de ser *destruído*," disse Dupin.

"É verdade," observei; "então é óbvio que o papel está em sua casa. Quanto a estar sendo levado junto ao corpo do próprio ministro, podemos considerar que isso está fora de questão."

"Com certeza," disse o Chefe de Polícia. "Ele caiu duas vezes em emboscadas, como se tivesse sido atacado por salteadores, e foi rigorosamente revistado sob minha própria inspeção."

"O senhor poderia ter-se poupado a esse trabalho," disse Dupin. "D——, ao que presumo, não é exatamente tolo e deve muito bem ter previsto que emboscadas como essas são algo de se esperar."

"Não é exatamente tolo," disse G., "mas é poeta, o que considero estar apenas a um passo de ser tolo."

"É verdade," disse Dupin, após uma longa e pensativa baforada de seu meerschaum, "embora eu mesmo tenha cometido o pecado de escrever certos versos ruins."

"Que tal nos contar com detalhes," pedi, "os pormenores de sua busca."

"Bem, o fato é que não tivemos pressa e investigamos *em toda parte*. Tenho grande experiência com esses casos. Busquei na casa toda, cômodo por cômodo; dediquei todas as noites de uma semana inteira a cada um deles. Examinamos, em primeiro lugar, os móveis de cada suíte. Abrimos todas as gavetas que encontramos; e presumo que vocês saibam que, para um policial bem treinado, não existe gaveta "*secreta*". Quem deixa escapar uma gaveta "secreta" em uma investigação desse tipo é um zero à esquerda. A coisa é *tão* simples. Há determinada extensão — de espaço — a ser considerada em cada escrivaninha. Então temos regras precisas. A quinta parte de uma linha não nos escapa. Depois das escrivaninhas, investigamos as cadeiras. Examinamos as almofadas com as agulhas finas e compridas que vocês já me viram usar. Das mesas, removemos as tampas."

"E isso por quê?"

"Às vezes, o topo de uma mesa, ou outra parte de um móvel construído da mesma maneira, é removido pela pessoa que deseja esconder alguma coisa; depois a perna é escavada, o objeto é depositado na cavidade e a tampa é recolocada. As partes superiores e inferiores das colunas das camas são usadas da mesma maneira."

"Mas a cavidade não poderia ser detectada por ressonância?" indaguei.

"De modo algum se, ao ser depositado, o objeto estiver envolto por uma quantidade suficiente de algodão. Além do mais, em nosso caso, fomos obrigados a agir sem fazer ruído."

"Mas vocês não poderiam ter removido — não poderiam ter desmontado *todos* os móveis onde se pudesse esconder algo do modo como o senhor menciona. Uma carta pode ser comprimida em um fino rolo espiral, não diferindo muito, em forma ou volume, de uma agulha de tricô grande e, com essa forma, ela poderia ser inserida no assento de uma cadeira, por exemplo. Vocês não desmontaram todas as cadeiras?"

"É claro que não; mas fizemos melhor que isso — examinamos os assentos de todas as cadeiras da casa e, na verdade, as juntas de cada móvel, com a ajuda de um microscópio muito poderoso. Caso houvesse quaisquer indícios de alguma manipulação recente, teríamos detectado na hora. Qualquer poeirinha feita por uma broca, por exemplo, teria sido tão visível quanto uma maçã. Qualquer alteração na cola — qualquer brecha estranha nas juntas — teria bastado para garantir a detecção."

"Suponho que o senhor tenha examinado os espelhos, entre a madeira e o vidro, e que tenha averiguado as camas e as roupas de cama, assim como as cortinas e os tapetes."

"Isso com certeza; e quando completamos absolutamente cada partícula dos móveis, então investigamos a própria casa. Dividimos toda a superfície em compartimentos que numeramos, de modo que nenhum foi deixado de lado; depois submetemos a um escrutínio com o microscópio, como havíamos feito antes, cada centímetro quadrado da residência toda, incluindo as duas casas adjacentes."

"As duas casas adjacentes!", exclamei. "Vocês devem ter tido um trabalho e tanto."

"Tivemos, sim. Mas a recompensa oferecida é excepcional!"

"Vocês incluíram o *entorno* dessas casas?"

"Todos esses entornos são pavimentados com blocos. Comparativamente, eles nos ofereceram poucas dificuldades. Examinamos o musgo entre os blocos e percebemos que estava intocado."

"Vocês naturalmente olharam entre os papéis de D—— e dentro dos livros da biblioteca?"

"Com certeza; abrimos cada pacote e cada embrulho; não apenas abrimos cada livro, mas viramos a página de cada volume, não nos contentando apenas em sacudi-lo, como é moda entre alguns de nossos policiais. Também medimos a espessura de cada *capa* de livro, com a maior exatidão, e aplicamos a cada uma o escrutínio mais zeloso com o microscópio. Se alguma das encadernações tivesse sido violada, seria impossível que o fato escapasse à nossa observação. Examinamos com cuidado uns cinco ou seis volumes recém-chegados das mãos do encadernador, longitudinalmente, com as agulhas."

"Vocês examinaram o assoalho embaixo dos tapetes?"

"Sem dúvida alguma. Removemos todos os tapetes e examinamos as tábuas com o microscópio."

"E os papéis de parede?"

"Também."

"Olharam dentro dos porões?"

"Olhamos."

"Então," comentei, "vocês devem ter cometido um erro de cálculo, e a carta não está na propriedade, como supunham."

"Temo que você esteja certo," disse o Chefe de Polícia. "E agora, Dupin, o que me aconselha a fazer?"

"A fazer uma busca completa no local."

"Isso é absolutamente desnecessário," retrucou G——. "Estou tão certo de que a carta não está na residência como de que estou respirando."

"Não tenho conselho melhor para lhe oferecer," disse Dupin. "O senhor tem, com certeza, uma descrição acurada da carta?"

"Ah, sim!" — E aqui o Chefe de Polícia, fazendo surgir um livro de notas, passou a ler em voz alta um relatório minucioso da aparência interna, e especialmente da aparência externa, do documento roubado. Assim que terminou a leitura dessa descrição, o bom homem foi embora, muito mais deprimido do que eu jamais o vira.

Cerca de um mês depois, ele nos fez outra visita e encontrou-nos ocupados mais ou menos como antes. Aceitou um cachimbo e uma poltrona e iniciou uma conversa corriqueira. Finalmente, eu disse —

"Muito bem, G——, mas o que aconteceu com a carta roubada? Entendo que você tenha finalmente concluído que não é possível passar a perna no Ministro?"

"Às favas com ele, digo eu —, é o que concluí; contudo, fiz o novo exame, como Dupin sugeriu — mas foi tudo trabalho perdido, como eu sabia que ia ser."

"De quanto você disse que era a recompensa oferecida?" perguntou Dupin.

"Bem, uma soma muito alta — uma recompensa bem generosa — não gostaria de dizer a quantia, precisamente; mas uma coisa eu vou dizer: não me importaria de oferecer meu pagamento de cinquenta mil francos a qualquer pessoa que conseguisse obter aquela carta. O fato é que isso está se tornando mais importante a cada dia que passa; e a recompensa foi dobrada há pouco tempo. Mas, mesmo que fosse triplicada, eu não conseguiria fazer mais do que já fiz."

"Pois bem," disse Dupin, com fala arrastada entre as baforadas de seu meerschaum, "eu realmente — penso, G——, que você não se esforçou — ao máximo nesse caso. Você poderia — fazer um pouco mais, eu acho, não?"

"Mas como? — de que jeito?"

"Bem — puff, puff — você poderia — puff, puff — empregar uma consultoria no assunto, não? — puff,

puff, puff. Lembra-se da história que contam a respeito de Abernethy?"

"Não; para o inferno com Abernethy!"

"Com certeza! Para o inferno com ele e que fique por lá. Mas, era uma vez, um certo rico avarento que pensou em obter uma opinião médica de graça desse tal Abernethy. Entabulando, com esse propósito, uma conversa banal em uma situação particular, ele insinuou seu caso ao médico como se fosse o de uma pessoa imaginária.

"'Suponhamos,' disse o avarento, 'que seus sintomas sejam tais e tais; então, doutor, o que o senhor lhe recomendaria tomar?'

"'Tomar!' disse Abernethy, 'bem, tomar um conselho, com certeza.'"

"Mas," disse o Chefe de Polícia, um pouco sem graça, "estou perfeitamente disposto a aceitar aconselhamento e pagar por ele. Eu realmente ofereceria cinquenta mil francos a quem quer que me ajudasse com essa questão."

"Nesse caso," replicou Dupin, abrindo uma gaveta e fazendo surgir um talão de cheques, "pode então me preencher um cheque com a quantia mencionada. Quando o tiver assinado, eu lhe entregarei a carta."

Eu estava atônito. O Chefe de Polícia parecia absolutamente aturdido. Durante alguns minutos, permaneceu sem fala e sem fazer movimento algum, olhando incrédulo para o meu amigo com a boca aberta e os olhos esbugalhados; então, parecendo recuperar-se de algum modo, agarrou uma caneta e, depois de várias pausas e olhares vazios, finalmente preencheu e assinou um cheque de cinquenta mil francos e entregou-o por cima da mesa para Dupin. Este o examinou com cuidado e colocou-o na carteira; depois, destrancando um escritoire, tirou dali uma carta e entregou-a ao Chefe de Polícia. O agente agarrou-a em perfeita agonia de júbilo, abriu-a com a mão trêmula, lançou um rápido olhar ao seu conteúdo e então, correndo com esforço até a porta, saiu afinal sem cerimônias da sala e da casa em disparada, sem ter pronunciado uma sílaba desde que Dupin lhe havia pedido para preencher o cheque.

Depois que ele saiu, meu amigo começou a dar algumas explicações.

"A polícia parisiense," disse, "é extremamente capaz a seu modo. É perseverante, engenhosa, astuta e plenamente versada no conhecimento essencial que suas obrigações parecem exigir. Assim, quando G—— detalhou para nós o seu modo de busca na Residência D——, eu tive tive certeza absoluta de que ele havia feito uma investigação satisfatória — até o limite da sua capacidade."

"Até o limite da sua capacidade?" perguntei.

"Sim," disse Dupin. "As medidas adotadas não apenas eram as melhores de que eles dispunham, mas foram executadas com perfeição absoluta. Se a carta estivesse dentro do alcance da investigação, esses camaradas a teriam encontrado, sem sombra de dúvida."

Eu apenas ri — mas ele parecia muito sério em tudo o que dizia.

"As medidas, então," continuou ele, "eram boas em si, e bem executadas; seu defeito consistia em não serem aplicáveis ao caso e ao homem em questão. Determinado conjunto de recursos altamente engenhosos é, para o

Chefe de Polícia, uma espécie de leito de Procusto[4] ao qual ele adapta seus propósitos à força. Mas ele sempre erra ao ser profundo demais ou superficial demais quanto ao assunto que tem em mãos; e muitos meninos de escola raciocinam melhor do que ele. Conheci um deles, de uns oito anos de idade, cujo sucesso em adivinhar no jogo de "par ou ímpar" atraiu a admiração em todo o mundo. Esse jogo é simples, e é jogado com bolas de gude. Uma pessoa segura na mão certo número dessas bolinhas e pergunta a outra se esse número é par ou ímpar. Se adivinhar a resposta, ganha uma bolinha; se errar, perde uma. O menino a quem me refiro ganhava todas as bolas de gude da escola. É claro que ele adivinhava a partir de alguns princípios; e estes se apoiavam na mera observação e na avaliação da astúcia de seus oponentes. Imagine o seguinte exemplo: seu oponente é um rematado paspalho e, com a mão fechada, lhe pergunta: 'tenho par ou ímpar?' Nosso estudante responde 'ímpar' e perde. Mas ganha na segunda tentativa, pois então diz a si mesmo: 'o

---

[4] Procusto (apelido que significa "o esticador", concedido ao personagem Damastes da mitologia grega) tinha uma pousada com duas camas de ferro que oferecia aos visitantes conforme sua altura, de modo que eles nunca recebessem a cama adequada ao seu tamanho. Depois que eles adormeciam, Procusto procurava adequar seu corpo às medidas exatas das camas: se fossem altos, amputava-os; se fossem baixos, esticava-os, dizendo-lhes: "Se você se destacar, cortarei seus pés. Se mostrar ser melhor que eu, cortarei sua cabeça." Quando o herói ateniense Teseu descobriu o que ocorria, aplicou a Procusto a mesma crueldade que este infligia a seus hóspedes: prendeu-o lateralmente em sua própria cama e cortou-lhe a cabeça e os pés. Esse mito costuma metaforizar as tentativas de imposição de um padrão nas várias áreas do conhecimento.

paspalho tinha par na primeira vez, e a esperteza dele só é suficiente para fazê-lo apresentar um ímpar na segunda; portanto, vou de ímpar'. Então ele diz 'ímpar' e ganha. Agora, com um paspalho um pouco mais esperto do que o primeiro, ele raciocina assim: 'esse sujeito percebeu que, na primeira vez, eu disse ímpar e, na segunda, vai propor a si mesmo, num primeiro impulso, uma variação simples de par para ímpar, como fez o primeiro paspalho; mas um segundo pensamento vai lhe sugerir que essa é uma variação simples demais e ele vai acabar decidindo pelo par, como antes. Portanto, vou apostar em par;'— então ele adivinha o número par e ganha. Ora, esse modo de raciocínio do menino, que seus companheiros denominam 'sorte' —, em que consiste ele, em última análise?"

"É meramente uma identificação do intelecto do raciocinador com o do seu oponente", respondi.

"Isso mesmo," disse Dupin; "e, quando perguntei ao garoto de que modo ele realizava a total identificação na qual o seu sucesso consistia, recebi a seguinte resposta: 'Quando eu quero descobrir até que ponto uma pessoa é inteligente ou estúpida, ou até que ponto é boa ou má, ou em que ela está pensando no momento, eu moldo a expressão do meu rosto, com a maior exatidão possível, de acordo com a expressão dessa pessoa, e então espero para ver que pensamentos ou sentimentos surgem na minha mente ou no meu coração, se eles combinam com essa expressão ou correspondem a ela.' Essa resposta do menino encontra-se na raiz de toda a profundidade espúria que tem sido atribuída a Rochefoucault, La Bougive, Machiavelli e Campanella."

"E a identificação do intelecto do raciocinador com o do seu oponente depende, se bem compreendo, da exatidão com que o intelecto do oponente é avaliado," disse eu.

"Na prática, depende disso," retrucou Dupin; "e o Chefe de Polícia com o seu séquito falham com tanta frequência, em primeiro lugar, pela falta dessa identificação e, em segundo, pela má avaliação, ou melhor, pela falta de avaliação do intelecto com o qual se defrontam. Eles consideram apenas suas próprias ideias de perspicácia; e, ao buscarem qualquer coisa que esteja oculta, prestam atenção apenas nos modos como eles mesmos a teriam ocultado. Estão certos apenas nisso — em que sua própria perspicácia é a representação fiel da perspicácia das massas; mas, quando a sagacidade do criminoso como indivíduo é de um tipo diferente da deles, o criminoso com certeza os derrota. Isso sempre acontece quando ela está acima da sagacidade deles e também acontece muito quando está abaixo. Seus princípios de investigação não variam; na melhor das hipóteses, quando são pressionados por alguma ocorrência incomum — por alguma recompensa extraordinária —, eles ampliam ou exageram suas antigas práticas, sem tocar em seus princípios. O que foi feito, por exemplo, nesse caso de D——, para variar o princípio de ação? O que é toda essa perfuração e essa sondagem e essa exploração e esse escrutínio, com o microscópio e essa divisão da superfície do edifício em centímetros quadrados demarcados —, o que é tudo isso senão um exagero da aplicação do mesmo princípio ou conjunto de princípios de busca, que se baseia no mesmo conjunto de noções relativas à perspicácia humana com as quais o Chefe de Polícia, na longa rotina do seu dever, está acostumado? Você não vê que ele assume como premissa que todas as pessoas procuram esconder uma carta, não exatamente em um orifício feito com broca na perna de uma cadeira, mas, pelo menos, em algum orifício ou canto recôndito sugerido pela mesma linha de pensamento que incitaria alguém a esconder uma carta em um orifício feito com broca na perna de uma cadeira? E não vê também que esses esconderijos rebuscados servem apenas para situações comuns e seriam adotados apenas por intelectos comuns? Isso porque, em todos os casos de ocultamento, a remoção do objeto ocultado — sua remoção dessa maneira rebuscada — é de imediato presumível e presumida e, portanto, sua descoberta depende inteiramente, não da sagacidade, mas do mero cuidado, da mera paciência e da mera determinação dos investigadores; e quando se trata de um caso importante — ou, o que dá na mesma em termos políticos, quando uma recompensa de grande magnitude está envolvida, — nunca se soube que tais qualidades falhassem. Agora você entende o que eu quis dizer quando sugeri que, se a carta roubada tivesse sido escondida em qualquer lugar dentro dos limites da busca do Chefe de Polícia — em outras palavras, se o princípio de seu ocultamento estivesse compreendido dentro dos princípios do Chefe de Polícia — ele a teria encontrado sem dúvida alguma. Esse agente, no entanto, estava inteiramente mistificado; e a fonte original de sua derrota reside na suposição de que o Ministro é tolo porque conquistou a fama de poeta. Todos os tolos são poetas; é isso que o Chefe de Polícia sente; e ele é simplesmente culpado de um non distributio medii⁵ ao inferir daí que todos os poetas são tolos."

"Mas ele é mesmo o poeta?" perguntei. "Sei que são dois irmãos; e que ambos são famosos na área das letras. Creio que o Ministro tem publicações acadêmicas acerca do Cálculo Diferencial. Ele é matemático e não poeta."

"Você está enganado; eu o conheço bem; ele é ambas as coisas. Como poeta e matemático, tem um bom raciocínio; apenas como matemático, não conseguiria ter raciocinado, e nesse caso teria ficado à mercê do Chefe de Polícia."

"Você me surpreende com essas suas opiniões," disse eu, "que vêm sendo contraditas pelo mundo todo. Não está pretendendo desprezar ideias bem digeridas há séculos, não é? O raciocínio matemático vem sendo considerado há muito tempo como o raciocínio *par excellence*."

"'Il y a à parier,'" rebateu Dupin, citando Chamfort, "'que toute idée publique, toute convention reçue est une sottise, car elle a convenue au plus grand nombre.'⁶ Os matemáticos, asseguro-lhe, esforçaram-se ao máximo para difundir o erro popular ao qual você alude, e que não é menos erro por ser difundido como verdade. Com uma arte que merece uma causa melhor, por exemplo, eles inseriram o termo "análise" aplicado à álgebra. Os franceses é que são os promotores dessa deturpação

---

⁵ Termo médio não distribuído. Em um silogismo categórico, uma falácia formal cometida quando o termo médio das premissas não é distribuído, nem na premissa menor, nem na maior.

⁶ Pode-se apostar que toda ideia pública, toda convenção pronta, é uma tolice, pois ela convém à maioria.

específica; mas, se um termo tem alguma importância — se as palavras derivam algum valor da aplicabilidade — então 'análise' tem tanto a ver com 'álgebra' quanto, em latim, 'ambitus' implica 'ambição,' 'religio' 'religião,' ou 'homines honesti' um grupo de homens honrados."

"Estou vendo que você comprou uma briga com alguns dos algebristas de Paris", comentei; "mas continue."

"Eu contesto a acessibilidade e, portanto, o valor, desse raciocínio que é cultivado de qualquer outra forma especial além da lógica abstrata. Contesto, em particular, o raciocínio derivado do estudo matemático. A matemática é a ciência da forma e da quantidade; o raciocínio matemático nada mais é do que a lógica aplicada à observação da forma e da quantidade. O grande erro consiste em supor que até mesmo as verdades daquilo que é chamado álgebra pura são verdades abstratas ou gerais. E esse erro é tão evidente que fico perplexo com a universalidade com que tem sido aceito. Os axiomas matemáticos *não* são axiomas de uma verdade geral. O que é verdade quanto à *relação* — de forma e quantidade — é, com frequência, grosseiramente falso quanto à moral, por exemplo. Nesta ciência, é muito comum *não* ser verdade que as partes agregadas sejam iguais ao todo. Também na química o axioma falha. Ele falha na consideração da motricidade; pois dois motores de determinado valor cada um não têm necessariamente, quando unidos, um valor igual à soma de seus valores separados. Há muitas outras verdades matemáticas que apenas são verdades dentro dos limites da *relação*. Mas os matemáticos argumentam, com base em suas *verdades finitas*, por meio do hábito, como se elas tivessem uma aplicabilidade geral absoluta — como o mundo de fato imagina que tenham. Bryant, em sua muito erudita 'Mitologia,'[7] menciona uma fonte de erro análoga quando diz que 'embora ninguém acredite nas fábulas pagãs, ainda assim continuamente nos esquecemos delas e fazemos inferências a partir delas como se fossem realidades existentes.' No que diz respeito aos algebristas, porém, que são os próprios pagãos, as pessoas acreditam nas 'fábulas pagãs' e fazem inferências a partir delas, não tanto por lapso de memória, mas por uma confusão inexplicável no cérebro. Em resumo, ainda não encontrei um só matemático em que pudesse confiar para além das raízes quadradas, ou um que não afirmasse clandestinamente, como profissão de fé, que $x2+px$ fosse absoluta e incondicionalmente igual a q. Tente dizer a um desses cavalheiros se quiser, a título de experimentação, que acredita que pode haver ocasiões nas quais *$x2+px$ não é exatamente igual a q* e, depois de fazê-lo entender sua opinião, saia de perto dele o mais rápido possível, pois, sem sombra de dúvida, ele irá querer acabar com você. "O que estou querendo dizer," continuou Dupin, enquanto eu simplesmente ria dessas suas últimas observações, "é que, se o Ministro fosse apenas um matemático, o Chefe de Polícia não teria tido a necessidade de me dar este cheque. Mas eu o conheço como matemático e também

---

[7] Poe parece referir-se a Jacob Bryant (1715–1804) e a sua famosa obra, *New System or Analysis of Ancient Mythology* [Novo Sistema ou Análise da Mitologia Antiga] (1774–76), na qual procura associar as mitologias do mundo com as histórias registradas no livro do Gênesis.

como poeta, e minhas medidas se adaptaram às suas capacidades, no que diz respeito às circunstâncias que o rodeiam. Também o conheci como cortesão e como um ousado *intriguant*. Considerei que um homem como esse não podia deixar de saber como é que a polícia age normalmente. Ele não podia ter deixado de prever — e os acontecimentos provaram que não deixou de prever — as emboscadas a que estava sujeito. Cogitei que deve ter suposto a ocorrência de investigações secretas em sua casa. Suas ausências frequentes à noite, que foram celebradas pelo Chefe de Polícia como contribuições inegáveis ao seu sucesso, considerei-as apenas como *artimanhas* para logo oferecer aos policiais a oportunidade de uma busca completa e assim assegurá-los com a convicção a que G——, de fato, finalmente chegou — a convicção de que a carta não se encontrava lá. Também percebi que toda a linha de raciocínio, que tive certa dificuldade de lhe explicar há pouco, quanto ao princípio invariável da ação policial na busca de objetos escondidos —, percebi que toda essa linha de raciocínio passaria necessariamente pela mente do Ministro. Ela o levaria infalivelmente a desprezar todos os *esconderijos* comuns. Refleti que *ele* não poderia ser tão inábil a ponto de não ver que os recessos mais intrincados e mais remotos de sua residência seriam tão visíveis quanto os armários mais comuns aos olhos, às sondas, às brocas e aos microscópios do Chefe de Polícia. Entendi, por fim, que seria levado à *simplicidade* por uma questão de lógica, se não fosse induzido a ela deliberadamente por uma questão de escolha. Talvez você se lembre do desespero com que o Chefe de Polícia riu quando sugeri, em nossa primeira conversa, que era provável que esse mistério o preocupasse tanto por ser tão evidente."

"Sim," concordei, "lembro bem das risadas que deu. Pensei até que fosse ter convulsões."

"O mundo material," continuou Dupin, "está repleto de analogias muito rigorosas com o não material; e assim, certa nuance de verdade tem sido atribuída ao dogma retórico de que se pode construir a metáfora, ou o símile, de modo a reforçar um argumento ou também embelezar uma descrição. O princípio da vis inertiæ,[8] por exemplo, parece ser idêntico na física e na metafísica. É verdade, quanto à primeira, que um corpo grande, quando posto em movimento, tem mais dificuldade do que um menor, e que seu momentum subsequente é proporcional a essa dificuldade; e, quanto à segunda, não é menos verdade que o intelecto com a maior capacidade, embora mais potente, mais constante e mais agitado em seus movimentos que o de nível inferior, é no entanto mais lento, mais desajeitado e mais hesitante para dar seus primeiros passos. E outra coisa: você já reparou quais são as placas de rua, sobre as portas das lojas, que mais atraem a atenção?"

"Nunca pensei no assunto," respondi.

"Há uma adivinhação," ele comentou, "que se joga em cima de um mapa. Uma equipe de jogadores requer que outra encontre determinada palavra — o nome de uma cidade, um rio, um estado ou um reino — qualquer palavra, em resumo, na superfície multicor e desnorteadora

---

[8] Inércia, ou a resistência natural da matéria a qualquer força que atue sobre ela.

do mapa. Um novato geralmente procura confundir seus oponentes oferecendo-lhes nomes com as letras impressas em tamanho bem pequeno; mas os mais experientes escolhem palavras que se estendem, em amplos caracteres, de uma ponta a outra do mapa. Estas, assim como os sinais e as placas de rua grandes demais, escapam à observação por serem muito óbvias; e aqui a desatenção física é rigorosamente análoga à falta de percepção moral com que o intelecto consegue fazer passar despercebidas as considerações que são evidentes de um modo por demais agressivo e palpável. Mas esse é um ponto, ao que parece, que está um pouco além ou aquém da compreensão do Chefe de Polícia. Ele não pensou, sequer por um momento, que fosse provável ou possível que o Ministro houvesse colocado a carta bem embaixo do nariz de todo mundo, para melhor impedir qualquer parcela desse mundo de percebê-la.

"Mas, quanto mais eu refletia sobre a engenhosidade ousada, arrojada e arguta de D———; sobre o fato de que o documento sempre deveria ter estado à mão, se ele pretendia utilizá-lo conforme seus interesses; e sobre a prova crucial, obtida pelo Chefe de Polícia, de que ele não estava escondido dentro dos limites da busca habitual desse dignitário, mais eu me convencia de que, para esconder essa carta, o Ministro havia recorrido ao expediente amplo e sagaz de não tentar escondê-la de modo algum.

"Imbuído dessas ideias, arranjei um par de óculos escuros e apareci, uma bela manhã, como por acaso, na residência do Ministro. Encontrei D——— em casa, bocejando, descansando e relaxando, como de costume, e fingindo estar no mais extremo ennui. Ele talvez seja o ser humano mais cheio de energia que existe no mundo — mas isso só quando ninguém está olhando.

"Fazendo o mesmo jogo, reclamei dos meus olhos fracos e lamentei a necessidade dos óculos, sob cuja proteção examinei com cautela e de cabo a rabo o apartamento todo, enquanto aparentava estar absorto apenas na conversa com meu anfitrião.

"Prestei especial atenção em uma grande escrivaninha perto da qual ele se sentou e sobre a qual se encontravam, em desordem, algumas cartas misturadas a outros papéis, juntamente com um ou dois instrumentos musicais e uns poucos livros. Porém, após um exame longo e muito deliberado, nada vi aí que despertasse especial suspeita.

"Finalmente, ao percorrerem o circuito da sala, meus olhos deram com um porta-cartões banal de papelão filigranado pendurado por uma fita azul encardida em uma pequena alça de bronze que ficava bem embaixo do centro da prateleira acima da lareira. Nesse porta-cartões, que tinha três ou quatro compartimentos, havia cinco ou seis cartões de visitas e uma única carta. Esta se encontrava muito suja e amassada. Estava rasgada em quase duas partes, bem no meio — como se a ideia, num primeiro momento, de rasgá-la toda como algo inútil, tivesse sido alterada, ou tivesse permanecido num segundo momento. Tinha um grande selo preto com a letra D—— *muito* saliente e era endereçada, em uma caligrafia pequena e feminina, a D——, o próprio ministro. Estava jogada sem cuidado algum e até mesmo, pareceu-me, com desdém, em uma das divisões superiores do porta-cartões.

"Mal bati os olhos nessa carta e concluí que era a que estava procurando. Com certeza, sua aparência era em tudo radicalmente diferente daquela que o Chefe de Polícia nos havia descrito com tanta minúcia. Nesta, o selo era grande e preto, com a inicial D——; naquela, era pequeno e vermelho, com as armas ducais da família S——. Nesta, o endereçamento, ao Ministro, era delicado e feminino; naquela, o sobrescrito, dirigido a certa ilustre personagem real, marcadamente ousado e categórico; apenas o tamanho constituía um ponto de correspondência. Mas, então, a radicalidade dessas diferenças, que era excessiva; a sujeira; a condição manchada e rasgada do papel, tão incoerente com os verdadeiros hábitos metódicos de D—— e tão sugestiva de um propósito para iludir o observador e dar uma ideia de falta de valor do documento — todas essas coisas, aliadas à situação hiperobstrusiva desse documento, em plena vista de todos os visitantes e, portanto, exatamente de acordo com as conclusões a que eu havia previamente chegado, essas coisas, digo eu, corroboravam fortemente as suspeitas de quem lá tinha ido com a intenção de suspeitar.

"Prolonguei minha visita o máximo possível e, enquanto mantinha uma animadíssima conversa com o Ministro a respeito de um assunto que, bem sabia, sempre o interessava e entusiasmava, na verdade mantive a atenção concentrada na carta. Nesse exame, tratei de memorizar sua aparência externa e o modo como ela estava colocada no porta-cartões; também cheguei, afinal, a uma descoberta que pôs fim a qualquer possível dúvida banal que eu pudesse ter alimentado. Ao inspecionar as bordas do papel, observei que estavam mais *danificadas* do que parecia necessário. Tinham a aparência *quebrada* que se apresenta quando um papel duro, depois de ter sido uma vez dobrado e comprimido por uma pasta, é dobrado novamente na direção contrária, nos mesmos vincos que formavam a dobra original. Essa descoberta bastou. Ficou claro para mim que a carta havia sido virada, como uma luva, de dentro para fora, reendereçada e selada novamente. Despedi-me do Ministro e parti imediatamente, deixando uma caixa de rapé feita de ouro em cima da mesa.

"Na manhã seguinte, voltei para buscar a caixa e então retomamos, com muito ardor, a conversa do dia anterior. Mas, enquanto estávamos assim entretidos, logo ouvimos, sob as janelas da casa, um forte estampido, como o de uma pistola, acompanhado de uma série de gritos assustados e do alarido de uma multidão apavorada. D—— correu até uma janela, abriu-a e olhou para fora. Nesse meio tempo, fui até o porta-cartões, peguei a carta, coloquei-a no bolso e substituí-a por um fac-símile (no que diz respeito ao seu aspecto externo) que eu havia preparado com esmero em minha casa — imitando com muita facilidade a letra D——, utilizando um selo feito de pão.

"O tumulto na rua havia sido produzido pelo comportamento exaltado de um homem armado de mosquete. Ele havia atirado em meio a um grupo de mulheres e crianças. Ocorre, porém, que a arma não estava carregada, e assim permitiram que o sujeito fosse embora, por considerarem que era algum lunático ou bêbado. Quando ele se foi, D—— voltou da janela, para onde eu o havia seguido logo após garantir a posse do objeto em questão.

Em seguida, despedi-me dele. O falso lunático era um homem pago por mim."

"Mas qual era o seu propósito," perguntei, "em substituir a carta por um fac-símile? Não teria sido melhor, na primeira visita, tê-la pegado abertamente e partido?"

"D——," retrucou Dupin, "é um homem desesperado, e um homem intrépido. Sua casa também tem muitos serviçais devotos aos seus interesses. Se eu tivesse feito a tentativa impetuosa que você sugere, talvez nunca tivesse deixado vivo a presença do Ministro. O bom povo de Paris poderia nunca mais ter ouvido falar em mim. Mas eu tinha outro objetivo além dessas considerações. Você conhece minhas inclinações políticas. Nessa questão, eu ajo como partidário da dama interessada. Durante dezoito meses, o Ministro a teve em seu poder. Ela o tem agora no seu — já que, sem saber que a carta não está mais em sua posse, ele continuará procedendo com suas chantagens exatamente como antes. Portanto, é inevitável que ele desencadeie de imediato sua própria destruição política. Sua queda, além do mais, será tão rápida quanto vergonhosa. Tudo bem que se fale em facilis descensus Averni;[9] mas, em todos os tipos de ascensão, como dizia Catalani acerca do canto, é muito mais fácil subir do que descer. No caso atual, não tenho simpatia — pelo menos, piedade nenhuma — por aquele que desce. Ele é aquele monstrum horrendum, um homem de talento sem princípios. Confesso, porém, que gostaria muito de conhecer o caráter exato de seus pensamentos quando, ao

---

[9] Fácil é a descida até o inferno.

ser desafiado por aquela que o Chefe de Polícia denomina 'certa personagem ilustre', vir-se obrigado a abrir a carta que deixei para ele no porta-cartões."

"Como assim? Você escreveu alguma coisa específica nela?"

"Ora — não me pareceu inteiramente correto deixar o interior em branco — isso teria sido insultuoso. Uma vez em Viena, D— pregou-me uma peça da qual, como lhe disse então com muito bom humor, eu não me esqueceria. Portanto, como eu sabia que ele ficaria meio curioso quanto à identidade da pessoa que o teria ludibriado, pensei que seria uma pena não lhe deixar uma pista. Ele conhece bem minha caligrafia, de modo que apenas copiei, no meio da folha em branco, as seguintes palavras —

"'— — *Un dessein si funeste, S'il n'est digne d'Atrée, est digne de Thyeste.*[10]

Elas se encontram no *Atreu* de Crébillon."'[11]

---

[10] Um esquema tão funesto,/ se não é digno de Atreu, é digno de Tieste.

[11] A citação se refere à vingança do rei Atreu, de Micenas, contra seu irmão, Tieste, por ter-lhe seduzido a esposa. O rei se vingou matando os filhos de Tieste e servindo-os à mesa durante um banquete.

"TU ÉS O HOMEM"

"TU ES O HOMEM"

Vou agora desempenhar o papel de Édipo no enigma de Rattleborough. Vou expor a vocês — como só eu posso fazer — o segredo de engenhosidade que produziu o milagre de Rattleborough — o único, o verdadeiro, o reconhecido, o inquestionado, o inquestionável milagre, que colocou um ponto final na infidelidade entre os rattleburgueses e converteu à ortodoxia das velhas senhoras todos os amantes da carnalidade que antes se haviam aventurado no ceticismo.

Este evento — que eu lamentaria discutir em um tom de frivolidade inadequado — ocorreu no verão de 18—. O Sr. Barnabas Shuttleworthy — um dos mais ricos e respeitáveis cidadãos do município — estava desaparecido havia vários dias, em circunstâncias que levantavam suspeitas de crime. O Sr. Shuttleworthy havia deixado Rattleborough bem cedo numa manhã de sábado, a cavalo, com a intenção declarada de seguir até a cidade de ——, a uns vinte e cinco quilômetros de distância, e de regressar na mesma noite. Duas horas após a partida, entretanto, o cavalo voltou sem ele e sem os alforjes que haviam sido presos às suas costas no início da jornada. O animal também estava ferido e coberto de lama. Essas circunstâncias naturalmente provocaram grande alarme entre os amigos do desaparecido; e quando se verificou, no domingo de manhã, que ele ainda não havia aparecido, todos na região juntaram-se *en masse* para procurar o corpo.

O primeiro e o mais disposto a organizar essa busca foi o melhor amigo do Sr. Shuttleworthy — um certo Sr. Charles Goodfellow, ou, como era comumente chamado, "Charley Goodfellow" ou "Old Charley Goodfellow". Ora, se é uma coincidência maravilhosa ou se o nome em si tem um efeito imperceptível sobre o caráter, isso ainda não consegui apurar; mas é fato inquestionável que todo homem chamado Charles é sempre um sujeito aberto, viril, honesto, afável e franco, com uma voz sonora e clara que causa prazer em quem a ouve, e olhos que sempre fitam diretamente o interlocutor, como para dizer: "Tenho a consciência limpa, não temo ninguém e jamais cometeria um ato nefasto". E, assim, todos os "figurantes" cordiais e despreocupados que representam no teatro com certeza se chamam Charles.

Agora, ainda que "Old Charley Goodfellow" estivesse vivendo em Rattleborough havia apenas seis meses ou por aí, e ainda que "ninguém soubesse qualquer coisa a seu respeito antes que viesse morar na vizinhança, ele não havia encontrado dificuldade alguma para travar conhecimento com todas as pessoas respeitáveis da região.

"TU ÉS O HOMEM"

Todos os homens aceitavam sua mera palavra a qualquer momento; e, quanto às mulheres, não havia o que não fizessem para agradá-lo. E tudo isso por ter sido ele batizado de Charles e por exibir, como consequência, aquele rosto franco que é proverbialmente a "melhor carta de recomendação".

Já mencionei que o Sr. Shuttleworthy era um dos homens mais respeitáveis e, sem dúvida, o mais rico de Rattleborough, e que "Old Charley Goodfellow" mantinha com ele uma relação tão próxima como se fosse seu próprio irmão. Os dois cavalheiros eram vizinhos de porta e, embora o Sr. Shuttleworthy raramente visitasse "Old Charley", se é que de fato alguma vez o visitou, e embora nunca tivesse feito uma refeição da casa dele, isso não impedia que os dois amigos fossem muito íntimos, como acabei de observar. "Old Charley" não deixava passar um dia sequer sem visitar três ou quatro vezes o vizinho para ver como estava e com frequência ficava para o desjejum ou para o chá, e quase sempre para o jantar; e, então, a quantidade de vinho consumida pelos dois companheiros de uma só vez seria algo muito difícil de determinar. A bebida favorita de "Old Charley" era *Château Margaux*, e parecia que dava grande prazer ao Sr. Shuttleworthy ver o velho amigo degustar o vinho como fazia, decilitro após decilitro; e, assim, um dia, quando o vinho estava *dentro* e os ânimos um tanto *fora*, como consequência natural, ele disse ao companheiro, dando-lhe um tapinha nas costas — "Vou lhe dizer uma coisa, 'Old Charley'; você é, de longe, o sujeito mais animado que já encontrei nesta minha vida; e, já que adora entornar o vinho assim, faço questão de lhe dar de presente uma caixa grande do Château Margaux. Diabos me mordam" — (O Sr. Shuttleworthy tinha o triste hábito de praguejar, embora raras vezes fosse além de "Diabos me mordam", ou "Maldição", ou "Que inferno") —, "Diabos me mordam", disse ele, "se esta tarde mesmo eu não enviar para a cidade o pedido de uma caixa dupla do melhor vinho que tiverem, e vou dá-la de presente a você, vou sim! — você não precisa dizer nada agora — *vou dar sim*, digo a você, e ponto final; então, fique atento — ela deve chegar um desses dias, justamente quando você menos esperar!" Menciono esse pequeno gesto de generosidade da parte do Sr. Shuttleworthy apenas para mostrar a comunhão *muito* íntima que existia entre os dois amigos.

Bem, na manhã do domingo em questão, quando ficou muito claro que o Sr. Shuttleworthy havia sido vítima de um crime, nunca vi alguém ficar tão profundamente abalado como "Old Charley Goodfellow". Quando ele soube que o cavalo havia voltado sem o dono e sem os alforjes do dono, e todo ensanguentado por causa de um tiro de pistola, que havia atravessado todo o peito do pobre animal sem no entanto matá-lo — quando ele ouviu tudo isso, empalideceu como se o homem desaparecido fosse seu amado irmão ou pai, e estremeceu e tremeu inteiro como se tivesse sofrido um ataque de malária.

De início, ele estava por demais transtornado de dor para fazer qualquer coisa ou concentrar-se em qualquer plano de ação; assim, por um longo tempo, tentou dissuadir os outros amigos do Sr. Shuttleworthy de fazer muito escarcéu sobre o assunto, achando que seria melhor aguardar um pouco — digamos, uma semana ou duas, um mês ou dois —, para ver se surgia alguma coisa, ou se o Sr. Shuttleworthy não voltaria sozinho e explicaria suas razões para mandar o cavalo antes dele. Ouso dizer que, com frequência, é possível observar essa disposição para contemporizar ou adiar em pessoas que estão passando por alguma dor muito aguda. Sua capacidade mental parece se entorpecer, de modo que sentem horror diante de qualquer coisa que lembre ação e só querem saber de ficar na cama e "acalentar a sua dor", como dizem as velhas senhoras — quer dizer, ruminar o problema.

O povo de Rattleborough nutria, de fato, tanta admiração pela sabedoria e discernimento de "Old Charley" que a maior parte estava disposta a concordar com ele e não fazer um escarcéu desse assunto "até surgir alguma coisa", como o honesto cavalheiro sugeria; e creio que, afinal, essa teria sido a tendência geral se não fosse a interferência muito suspeita do sobrinho do Sr. Shuttleworthy, um rapaz de hábitos muito dissolutos e, de modo geral, de caráter bem ruim. Esse sobrinho, de nome Pennifeather, não queria ouvir a razão no quesito "ficar quieto", mas insistia em organizar uma busca imediata pelo "cadáver do homem assassinado". Essa foi a expressão que ele utilizou; e o Sr. Goodfellow então observou com perspicácia que era "uma expressão *singular*, para dizer o mínimo". Essa observação de Old Charley também teve grande efeito sobre a multidão; e um membro do grupo perguntou, de modo muito sugestivo, "como era possível que o jovem Sr. Pennifeather tivesse um conhecimento tão detalhado de todas as circunstâncias relacionadas ao desaparecimento de seu rico tio a ponto de afirmar com autoridade, clareza e sem equívoco, que seu tio *era* um 'homem assassinado'. Nesse momento, houve um pouco de tumulto e altercação entre as várias pessoas da multidão e, principalmente, entre "Old Charley" e o Sr. Pennifeather — embora esse último acontecimento não fosse, de modo algum, uma novidade, pois não vinha ocorrendo um bom entendimento entre as partes nos últimos três ou quatro meses; e as coisas tinham chegado a tal ponto que o Sr. Pennifeather havia derrubado a socos o amigo do tio por um suposto excesso de liberdade que este havia tomado na casa do tio, onde o sobrinho estava hospedado. Nessa ocasião, "Old Charley" aparentemente comportou-se com exemplar moderação e caridade cristã. Levantou-se depois do golpe, alisou as roupas e não fez qualquer tentativa de retaliação, murmurando apenas umas poucas palavras sobre "vingar-se sumariamente na primeira oportunidade conveniente" — uma ebulição de raiva natural e plenamente justificável, que, contudo, não queria dizer nada e, sem dúvida, logo foi esquecida.

Não importa quais possam ser esses assuntos (que não têm referência com o tema em questão), é certo que o povo de Rattleborough, principalmente graças ao dom de persuasão do Sr. Pennifeather, tomou por fim a decisão de se dispersar pela área adjacente à procura do Sr. Shuttleworthy. Digo que eles chegaram a essa decisão no primeiro momento. Depois de resolverem que uma busca deveria ser feita, consideraram quase natural que deveriam se dispersar — isto é, formar grupos — para melhor esquadrinhar a região do entorno. Esqueço, entretanto, por meio de qual engenhosa linha de raciocínio "Old Charley" convenceu enfim o grupo de que esse era o plano mais insensato que poderia haver. Ele de fato os convenceu — a todos, exceto ao Sr. Pennifeather —, e finalmente ficou combinado que uma busca seria organizada, com cuidado e muita minúcia, pelos habitantes *en masse*, com o próprio "Old Charley" indicando o caminho.

Nesse aspecto, não poderia haver melhor desbravador do que "Old Charley", amplamente conhecido por ter olhos de lince; mas, embora ele os guiasse por todos os buracos e cantos remotos, por trilhas que ninguém suspeitava existir na vizinhança, e embora a busca fosse mantida, sem cessar, dia e noite, por quase uma semana, nenhum vestígio do Sr. Shuttleworthy foi descoberto. Porém, quando digo nenhum vestígio, não estou falando literalmente, pois vestígio, em certa medida, com certeza havia. Os indícios do pobre cavalheiro, deixados pelas ferraduras do cavalo (que eram peculiares), apontavam para um local cerca de cinco quilômetros a leste do município, na estrada principal que levava à cidade. Ali o rastro entrava por uma vereda que atravessava um trecho de floresta — e que dava novamente na estrada principal, reduzindo em cerca de oitocentos metros a distância regular. Seguindo as marcas de ferradura por essa vereda, o grupo chegou por fim a uma lagoa de água parada, meio escondida por amoreiras silvestres, à direita da vereda, e, do lado oposto dessa lagoa, todos os rastros sumiam de vista. Parecia, contudo, que algum tipo de luta tivera lugar ali e que algum corpo grande e pesado, muito maior e mais pesado que o de um homem, havia sido arrastado pela vereda até a lagoa. Esta foi cuidadosamente dragada duas vezes, mas nada foi encontrado; e o grupo estava a ponto de partir, no desespero de chegar a algum resultado, quando a Providência sugeriu ao Sr. Goodfellow o expediente de drenar completamente a água. Esse projeto foi recebido com aclamações e muitos elogios a "Old Charley" por sua sagacidade e discernimento. Como muitos dos habitantes haviam trazido pás, supondo que talvez fossem convocados a desenterrar um cadáver, a drenagem foi fácil e rapidamente concluída. Assim que o fundo ficou visível, bem no meio da lama que restou, foi descoberto um colete de veludo de seda negro, que quase todos os presentes logo reconheceram como pertencente ao Sr. Pennifeather. Esse colete estava muito rasgado e manchado de sangue, e várias pessoas do grupo tinham a clara lembrança de que havia sido usado pelo dono na mesma manhã em que o Sr. Shuttleworthy partira para a cidade; ao passo que havia outros, ainda, prontos a prestar juramento, se necessário, de que o Sr. P. *não* usara a peça em questão em momento algum no *restante* daquele dia memorável; e ninguém apareceu para dizer que a havia visto no corpo do Sr. P. em qualquer momento depois que o Sr. Shuttleworthy havia desaparecido.

As coisas então adquiriram um peso muito negativo para o Sr. Pennifeather, e observou-se, como confirmação indubitável das suspeitas levantadas contra ele, que estava excessivamente pálido, e, quando indagado sobre o que tinha a dizer a seu favor, foi totalmente incapaz de dizer uma palavra sequer. Nesse ínterim, os poucos amigos que restavam do seu estilo de vida dissoluto o desertaram de imediato e insistiram ainda mais do que os seus inimigos antigos e declarados para que ele fosse imediatamente preso. Mas, por outro lado, em contraste, a magnanimidade do Sr. Goodfellow resplandeceu com ainda mais brilho. Ele apresentou uma defesa calorosa e muito eloquente do Sr. Pennifeather, na qual aludiu mais de uma vez à sua concessão de perdão sincero àquele jovem rebelde — "o herdeiro do valoroso Sr. Shuttleworthy", — pelo insulto que ele (o rapaz), sem dúvida no calor da paixão, havia julgado adequado lançar contra ele (o Sr. Goodfellow). "Ele o perdoou por isso", disse, "do fundo do coração; e ele mesmo (o Sr. Goodfellow), longe de levar as circunstâncias suspeitas ao extremo, que, lamentava dizer, *haviam* de fato surgido contra o Sr. Pennifeather, ele (o Sr. Goodfellow) faria qualquer esforço ao seu alcance, usaria toda a parca eloquência que possuía para — para — para — amenizar ao máximo os piores aspectos desse negócio tão desconcertante".

O Sr. Goodfellow continuou nessa toada por mais meia hora, para o mérito de sua mente e de seu coração; mas as pessoas de coração quente raras vezes são convenientes em suas observações — cometem todo tipo de asneiras, contratempos e impropriedades no calor do zelo de servir a um amigo — assim, muitas vezes, com a melhor das intenções do mundo, fazem infinitamente mais para prejudicar a causa do que para ajudar.

Foi o que aconteceu, no presente caso, com toda a eloquência de "Old Charley"; pois, embora ele batalhasse com afinco em prol do suspeito, ainda assim verificou-se, de um jeito ou de outro, que cada sílaba que pronunciava, com o objetivo claro, mas involuntário, de não exaltar o falante nas boas graças da plateia, causava o efeito de aprofundar as suspeitas já associadas ao indivíduo cuja causa ele defendia e de atiçar contra ele a fúria da multidão.

Um dos erros mais inexplicáveis cometidos pelo orador foi aludir ao suspeito como "o herdeiro do valoroso Sr. Shuttleworthy". Na verdade, as pessoas nunca haviam pensado nisso antes. Haviam apenas recordado certas ameaças de deserdação murmuradas um ou dois anos antes pelo tio (que não tinha outro parente vivo exceto o sobrinho) e consideravam, portanto, essa deserdação como um assunto resolvido — os rattleburgueses eram uma raça simplória até esse ponto; mas a observação de "Old Charley" levou-os a considerar imediatamente essa questão, e levou-os a ver a possibilidade das ameaças como *apenas* uma ameaça. E, ato contínuo, surgiu a pergunta natural de *cui bono?*[1] — pergunta essa que tendia, ainda mais do que o colete, a associar o terrível crime ao rapaz. E aqui, para que eu não seja mal compreendido, permitam-me um momento de digressão para observar apenas que a expresssão tão breve e simples em latim que utilizei é invariavelmente mal traduzida e mal interpretada. "*Cui bono?*", em todos os romances famosos e de modo geral — naqueles da Sra. Gore, por exemplo (a autora de "Cecil"), uma senhora que cita todas as línguas, do caldeu ao chickasaw[2] e que é auxiliada em seus conhecimentos,

---

[1] Expressão em latim que significa "quem é beneficiado".
[2] Língua falada por povo indígena dos EUA.

"conforme necessário" e mediante um plano sistemático, pelo Sr. Beckford, — em *todos* os romances famosos, digo, das obras de Bulwer e Dickens às de Turnapenny e Ainsworth, as duas palavrinhas em latim *cui bono* são traduzidas como "com que propósito?", ou (como se fosse *quo bono*) "com que finalidade?" Seu verdadeiro significado, contudo, é "para benefício de quem?". *Cui*, para quem; *bono*, benefício. É uma expressão puramente jurídica e aplicável precisamente em casos como o que estamos agora considerando, nos quais a probabilidade da autoria de um ato depende da probabilidade do benefício revertido ao indivíduo que o tenha realizado, ou do benefício decorrente da realização do ato. Ora, no presente caso, a pergunta *cui bono?* comprometia o Sr. Pennifeather de forma clara. O tio o havia ameaçado com a deserdação, depois de ter feito um testamento a seu favor. Mas a ameaça não havia sido de fato mantida; o testamento original, aparentemente, não havia sido modificado. Se *tivesse* sido modificado, o único motivo plausível para assassinato por parte do suspeito teria sido o de uma vingança comum; e mesmo isso teria sido contrabalançado pela esperança de restauração das boas graças do tio. Mas, estando o testamento intacto, embora a ameaça de alteração permanecesse suspensa sobre a cabeça do sobrinho, isso pareceu de imediato o maior estímulo possível para a atrocidade; assim concluíram, com muita sagacidade, os nobres cidadãos de Rattleborough.

O Sr. Pennifeather foi, consequentemente, preso no mesmo instante, e a multidão, após mais uma busca, voltou para casa com ele sob custódia. No caminho, entretanto, ocorreu outra circunstância que pareceu confirmar as suspeitas aventadas. O Sr. Goodfellow, cujo zelo sempre o fazia estar um pouco à frente do grupo, foi visto correndo de repente, até curvar-se e aparentemente recolher algum pequeno objeto na grama. Depois de um rápido exame, ele fez uma semitentativa para escondê-lo no bolso do casaco; mas essa ação foi notada, como disse eu, e, por consequência, impedida, e então o objeto recolhido revelou ser uma faca espanhola, que uma dúzia de pessoas imediatamente reconheceram como pertencente ao Sr. Pennifeather. Além do mais, suas iniciais estavam gravadas no cabo. A lâmina da faca estava aberta e ensanguentada.

Nenhuma dúvida restava agora da culpa do sobrinho e, logo ao chegar a Rattleborough, ele foi levado à presença de um magistrado para interrogatório.

Então as coisas novamente tomaram um rumo muito desfavorável. O prisioneiro, ao ser questionado sobre seu paradeiro na manhã do desaparecimento do Sr. Shuttleworthy, teve a audácia de reconhecer que exatamente naquela manhã havia saído com seu rifle em busca de cervos, nas proximidades imediatas da lagoa onde o colete manchado de sangue havia sido descoberto graças à sagacidade do Sr. Goodfellow.

Este então apresentou-se e, com lágrimas nos olhos, pediu permissão para ser interrogado. Afirmou que um profundo sentido de dever diante do Criador, e também de seus semelhantes, não lhe permitia permanecer calado por mais tempo. Até então, a mais sincera afeição pelo rapaz (não obstante a grosseria deste em relação a ele,

Sr. Goodfellow) o havia levado a considerar qualquer hipótese que a imaginação pudesse sugerir, para tentar justificar o que parecia suspeito nas circunstâncias que falavam tão veementemente contra o Sr. Pennifeather; mas essas circunstâncias eram agora *por demais* convincentes — *por demais* prejudiciais; ele não hesitaria mais — contaria tudo o que sabia, embora seu coração (o do Sr. Goodfellow) pudesse explodir em mil pedaços com esse esforço. Afirmou então que, na tarde do dia anterior à partida do Sr. Shuttleworthy para a cidade, aquele nobre cavalheiro havia mencionado ao sobrinho, ao alcance de seus ouvidos (os do Sr. Goodfellow), que a viagem à cidade no dia seguinte era para fazer um depósito de uma soma de dinheiro bem vultosa no "Farmers' and Mechanics' Bank", e que, ali mesmo, o referido Sr. Shuttleworthy havia claramente admitido ao referido sobrinho sua decisão irrevogável de rescindir o testamento original e deixá-lo sem um tostão. Ele (a testemunha) convocou então solenemente o acusado a declarar se o que ele (a testemunha) havia acabado de declarar era ou não verdade em todos os detalhes substanciais. Para grande espanto de todos os presentes, o Sr. Pennifeather admitiu com franqueza que *era verdade*.

 O magistrado então considerou seu dever enviar alguns policiais aos aposentos do acusado na casa do tio. Eles voltaram quase imediatamente dessa busca com uma carteira bem conhecida, de couro avermelhado e com cantoneiras de aço, que o velho cavalheiro trouxera consigo durante anos. Seu valioso conteúdo, entretanto, havia sido removido, e o magistrado tentou em vão extrair do prisioneiro o uso que havia sido feito dele ou o local de seu esconderijo. Na realidade, ele negou insistentemente qualquer conhecimento do assunto. Os policiais também descobriram, entre a cama e o estrado do pobre homem, uma camisa e um lenço de pescoço, ambos marcados com as iniciais de seu nome, e ambos horrivelmente manchados com o sangue da vítima.

 A essa altura, foi anunciado que o cavalo do homem assassinado acabara de morrer no estábulo como consequência do ferimento que havia sofrido, e o Sr. Goodfellow propôs que uma autópsia do animal fosse feita imediatamente, com o propósito de descobrir o projétil, se possível. A autópsia foi feita; e, para demonstrar sem dúvida alguma a culpa do acusado, o Sr. Goodfellow, depois de examinar bem a cavidade peitoral, conseguiu localizar e extrair uma bala de tamanho descomunal que, ao ser examinada, mostrou ser do tamanho exato do calibre do rifle do Sr. Pennifeather e muito maior que o da arma de qualquer outra pessoa do município ou de suas redondezas. No entanto, para reforçar ainda mais o assunto, descobriu-se que essa bala tinha um defeito ou sulco no ângulo reto com a sutura habitual e esse sulco, ao ser examinado, correspondeu precisamente a uma estria ou elevação acidental em alguns moldes que o próprio acusado reconheceu pertencerem a ele. Com a descoberta dessa bala, o juiz encarregado recusou-se a ouvir qualquer outro depoimento e imediatamente sentenciou o prisioneiro a julgamento — negando com determinação qualquer fiança no caso, embora o Sr. Goodfellow tenha se manifestado veementemente contra essa severa determinação e tenha se oferecido para ser fiador de qualquer quantia que pudesse ser exigida. Essa generosidade da parte de "Old Charley" estava muito de acordo com o tom de seu comportamento afável e cavalheiresco durante todo o período de sua permanência no município de Rattleborough. No caso presente, o nobre homem estava tão tomado pelo calor excessivo de sua simpatia que parecia haver esquecido, quando se ofereceu para pagar a fiança para o jovem amigo, que ele mesmo (o Sr. Goodfellow) não possuía um único dólar na face da terra.

O resultado da punição pode ser prontamente previsto. O Sr. Pennifeather, entre as clamorosas execrações de todo Rattleborough, foi levado a julgamento nas audiências criminais seguintes, quando a sequência de provas circunstanciais (enfatizadas por mais alguns fatos prejudiciais que a consciência delicada do Sr. Goodfellow o impediu de ocultar do tribunal) foi considerada tão sólida e tão conclusiva que o júri, sem nem se levantar da cadeira, proferiu o veredito imediato de *"Culpado de homicídio doloso"*. Logo depois, o pobre coitado recebeu a sentença de morte e foi enviado à prisão municipal para aguardar a vingança inexorável da lei.

Nesse ínterim, a nobre atitude de "Old Charley Goodfellow" tornou-o muito querido dos honestos cidadãos do município. Seu favoritismo cresceu dez vezes mais e, como resultado natural da hospitalidade com que era tratado, relaxou, por assim dizer, os hábitos extremamente parcimoniosos que a sua pobreza até então o havia forçado a observar e, com muita frequência, passou a oferecer pequenas reuniões em sua própria casa, ocasiões em que

a presença de espírito e a alegria reinavam absolutas —
ofuscadas um pouco, é evidente, pela lembrança ocasional
do destino desafortunado e melancólico que se abateu
sobre o sobrinho do finado amigo querido do generoso
anfitrião.

 Um belo dia, esse magnânimo cavalheiro recebeu a
grata surpresa da seguinte carta: —

> "*Charles Goodfellow, Esquire:*
>
> "*Prezado Senhor* — *De acordo com um pedido transmitido a nossa empresa há cerca de dois meses, por nosso estimado cliente, o Sr. Barnabas Shuttleworthy, temos a honra de encaminhar esta manhã, para o seu endereço, uma caixa dupla de Château Margaux, da marca antílope, selo violeta. Caixa numerada e marcada conforme a margem.*
>
> "*Continuamos ao seu dispor,*
> "HOGGS, FROGS, BOGS, & CO.
>
> "*Cidade de*———, *21 de junho de 18*——.
> "*P.S.* — *A caixa chegará por trem, no dia seguinte ao recebimento desta carta.*
>
> *Nossos cumprimentos ao Sr. Shuttleworthy.*
>   "H., F., B., & CO."

Charles Goodfellow, Esq., Rattleborough.
De H.F.B. & Co.
Chat. Mar. A—No. I.—6 dúzias garrafas (1/2 grosa).

O fato é que o Sr. Goodfellow, desde a morte do Sr. Shuttleworthy, havia abandonado qualquer expectativa de jamais receber o prometido Château-Margaux; e, portanto, *agora* via isso como uma espécie de dádiva da Providência em seu nome. Ficou enlevado, é claro, e na exuberância de sua alegria convidou um grupo grande de amigos para um *petit souper* no dia seguinte, com o propósito de abrir o presente do velho amigo Shuttleworthy. Não que ele tenha dito qualquer coisa sobre o "o velho amigo Shuttleworthy" quando enviou os convites. O fato é que pensou bastante e concluiu que não deveria dizer nada. *Não* mencionou a ninguém — se bem me lembro — que havia recebido um Château-Margaux *de presente*. Ele apenas convidou os amigos para virem ajudá-lo a saborear um vinho de qualidade notável e aroma rico que havia encomendado na cidade alguns meses atrás e que receberia no dia seguinte. Sempre me perguntei *por que* "Old Charley" decidiu não dizer nada sobre ter recebido o vinho de seu velho amigo, mas nunca consegui entender direito a razão desse silêncio, embora ele tivesse *alguma* razão excelente e magnânima, sem dúvida alguma.

O dia seguinte finalmente chegou e, com ele, também chegou um grupo muito grande e altamente respeitável à casa do Sr. Goodfellow. Na verdade, metade do município estava ali — eu mesmo entre eles — mas, para grande constrangimento do anfitrião, o Château-Margaux somente chegou bem mais tarde, quando os convidados já haviam feito ampla justiça ao jantar suntuoso oferecido por "Old Charley". Mas o vinho enfim chegou — uma caixa monstruosamente grande — e, como o grupo todo estava tomado por um bom humor excessivo, ficou decidido, *nem. con.*,³ que a caixa deveria ser colocada em cima da mesa e seu conteúdo, desentranhado imediatamente.

Dito e feito. Ofereci ajuda; e, num instante, colocamos a caixa em cima da mesa, em meio a todas as garrafas e taças, várias das quais foram destruídas no tumulto. "Old Charley", que estava muito bêbado, com o rosto excessivamente vermelho, sentou-se, com um ar de falsa dignidade, à cabeceira, e bateu furiosamente contra a mesa com um decanter, conclamando o grupo a manter a ordem "durante a cerimônia de exumação do tesouro".

Após certa vociferação, a calma foi por fim restaurada e, como acontece com muita frequência em casos semelhantes, seguiu-se um profundo e notável silêncio. Sendo então solicitado a forçar a tampa, aquiesci, é claro, "com infinito prazer". Inseri uma talhadeira e, com alguns golpes leves de um martelo, a tampa da caixa soltou-se de repente e, no mesmo instante, saltou de dentro, sentado, encarando diretamente o anfitrião, o cadáver ferido, ensanguentado e quase putrefato do próprio Sr. Shuttleworthy. Ele olhou por alguns segundos, firme e tristemente, com aqueles olhos apodrecidos e opacos, para a fisionomia do Sr. Goodfellow; murmurou de maneira lenta, mas clara e impressionante, as palavras — "Tu és o homem!". E, então, caindo sobre a lateral da caixa, como se estivesse plenamente satisfeito, estendeu pernas e braços tremulantes sobre a mesa. A cena que se seguiu fica

---

³ Abreviação da frase latina *nemine contradicente*: sem a desaprovação de ninguém.

além de qualquer descrição. Todos correram como loucos para as portas e as janelas e muitos dos homens mais robustos desmaiaram instantaneamente de puro terror. Mas, depois da primeira explosão selvagem e lancinante de medo, todos os olhos se voltaram para o Sr. Goodfellow. Mesmo que eu viva mil anos, jamais esquecerei a agonia mais que mortal estampada naquele rosto horrível, havia pouco tão corado de triunfo e vinho. Por vários minutos, ele permaneceu sentado como uma estátua de mármore; os olhos, no intenso vazio de seu olhar, pareciam estar voltados para dentro, absortos na contemplação de sua alma miserável e assassina. Por fim, sua expressão pareceu acordar de repente para o mundo externo, quando, com um salto rápido, levantou-se da cadeira e, caindo pesadamente com a cabeça e os ombros sobre a mesa e em contato com o cadáver, fez uma confissão detalhada, com rapidez e veemência, do crime hediondo pelo qual o Sr. Pennifeather havia sido preso e condenado à morte.

O que contou foi, em termos gerais, o seguinte: — Ele seguiu a vítima até as cercanias da lagoa; ali, atirou no cavalo com uma pistola; despachou o dono do animal a coronhadas; apossou-se da carteira e, supondo que o cavalo estivesse morto, arrastou-o com grande esforço até as amoreiras perto da lagoa. Montado em seu próprio animal, arrastou o cadáver do Sr. Shuttleworthy e levou-o a um esconderijo seguro bem distante, no meio da floresta.

O colete, a faca, a carteira e a bala haviam sido colocados por ele mesmo nos locais onde foram encontrados, com o intuito de se vingar do Sr. Pennifeather. Ele também tramou a descoberta do lenço e da camisa manchados.

Quase no final dessa narrativa arrepiante, as palavras do infeliz falharam e tornaram-se ocas. Quando o relato foi finalmente concluído, ele se levantou, cambaleou para longe da mesa e caiu — *morto*.

Os meios pelos quais essa oportuna confissão foi obtida, embora eficientes, foram de fato muito simples. O excesso de franqueza do Goodfellow havia me repugnado e levantado minhas suspeitas desde o início. Eu estava presente quando o Sr. Pennifeather o golpeou, e a expressão demoníaca que aflorou em sua fisionomia, embora momentânea, garantiu-me que sua ameaça de vingança, se possível, seria rigorosamente cumprida. Estava assim preparado para observar as manobras de "Old Charley" por uma luz muito diferente daquela pela qual as viam os bons cidadãos de Rattleborough. Logo percebi que todas as descobertas incriminadoras provinham, direta ou indiretamente, dele mesmo. Mas o fato que claramente abriu meus olhos sobre o verdadeiro estado do caso foi a bala, *encontrada* pelo Sr. G. na carcaça do cavalo. *Eu* não me esquecera, embora os rattleburgueses *sim*, de que havia um orifício por onde a bala havia entrado no animal e outro por *onde havia saído*. Se ela fora encontrada dentro do animal, depois de ter saído, então vi com clareza que devia ter sido ali depositada pela pessoa que a encontrara. A camisa e o lenço ensanguentados confirmaram a ideia sugerida pela bala; isso porque o exame do sangue provou que se tratava de vinho clarete e nada mais. Quando pensei nessas coisas e também no recente aumento da generosidade e dos gastos por parte do Sr. Goodfellow, passei a alimentar uma suspeita que, todavia, era forte, pois a mantive em total segredo.

Nesse meio tempo, empreendi uma rigorosa busca privada pelo cadáver do Sr. Shuttleworthy e, por motivos justificados, procurei nos locais mais divergentes possíveis daqueles para os quais o Sr. Goodfellow havia guiado o seu grupo. O resultado foi que, após alguns dias, encontrei um poço velho e seco, cuja abertura estava quase totalmente oculta por amoreiras; e ali, bem no fundo, encontrei o que estava buscando.

Acontece que eu havia inadvertidamente ouvido a conversa entre os dois velhos amigos, quando o Sr. Goodfellow conseguira persuadir o anfitrião a prometer-lhe uma caixa de Châteaux-Margaux. Com essa insinuação, comecei a agir. Obtive um pedaço duro de barbatana de baleia, enfiei-o pela garganta do cadáver e tratei de depositá-lo numa velha caixa de vinho — tomando o cuidado de dobrar o corpo de modo a dobrar junto a barbatana de baleia. Dessa forma, tive de fazer muita pressão sobre a tampa para mantê-la na devida posição enquanto colocava os pregos; e previ, é claro, que assim que eles fossem removidos, a tampa voaria para *longe* e o corpo ficaria *erguido*.

Depois de preparar assim a caixa, eu a marquei, numerei e enderecei como já foi indicado; e, então, escrevi uma carta em nome dos comerciantes de vinho que atendiam o Sr. Shuttleworthy e dei instruções a meu criado para levar a caixa até a porta do Sr. Goodfellow, em um carrinho de mão, a um determinado sinal meu. Quanto às palavras que queria que o cadáver pronunciasse, fiz uso confiante de minhas habilidades de ventríloquo; e quanto a seu efeito, contei com a consciência do desgraçado assassino.

 Creio que nada mais precisa ser explicado. O Sr. Pennifeather foi imediatamente libertado, herdou a fortuna do tio, aprendeu as lições da experiência, virou a página e viveu uma nova vida feliz para sempre.

POSFÁCIO

SOBRE O DETETIVE-LEITOR E O LEITOR-DETETIVE

Percorro a grade de programas disponíveis na televisão e, ao fazê-lo, tento calcular quantos milhões — talvez bilhões — de dólares a indústria de romances, filmes e séries policiais faturou no século XX e vem faturando neste XXI que já vai avançado. Logo lembro do escritor que, com apenas uns poucos contos, fundou as bases e todo o arcabouço do assim chamado "gênero policial" e criou a figura do detetive — isto é, "aquele que detecta": o investigador dotado de um raciocínio lógico superior que lhe permite solucionar crimes e mistérios a partir de pistas e indícios dispersos e desconexos. Penso que, por uma dessas grandes ironias trágicas, Edgar Allan Poe, considerado em todo o mundo como "o inventor" da literatura policial e detetivesca, morreu na miséria, pouco ou nada reconhecido em vida.

Posteriormente, ao longo do tempo, sua obra tem sido objeto de controvérsia: ou considerada vulgar e infantil por escritores e críticos importantes (por exemplo, Henry James, T. S. Eliot e Harold Bloom), ou imaginativa, genial e inovadora por admiradores não menos importantes (como Valéry, Mallarmé, Richard Wilbur, Northrop Frye e, é claro, Baudelaire).

Dificilmente um escritor consegue agradar, na mesma medida, a gregos e troianos. Mas, apesar da controvérsia, Poe consegue uma façanha: faz com que muitos leiam. É popularíssimo, ainda mais se considerarmos que a Literatura hoje perde terreno para outras formas de arte e para o mero entretenimento — afinal, não é coisa pouca, ainda mais para um escritor do século dezenove, contar com quase quatro milhões de fãs no Facebook e ter seus textos constantemente republicados e fartamente descarregados da internet, já que se encontram em domínio público. Em paralelo, ocupa um lugar permanente no cânone literário ocidental — apesar da gritaria de Bloom —, com uma fortuna crítica de qualidade que só faz aumentar em todo o mundo.

Mas é certo que tal envolvimento dos dois tipos de leitores já havia sido planejado por ele em sua dupla necessidade de sobreviver e ao mesmo tempo de escrever uma literatura de alto valor estético que sobressaísse à produção oitocentista dos Estados Unidos, a qual considerava medíocre, com raras exceções. Como bem detecta Andréa Sirihal Werkema,

> "[...] há um leitor popular, visado diretamente pelos periódicos que publicaram os contos de Poe, ávido por sensações, que absorve ansioso as peripécias que avançam para o clímax de horror; e há um posterior leitor analítico, reflexo do próprio autor, que desconstrói os efeitos

criados pela narrativa e procura nas entrelinhas do texto a contraposição a um gênero estereotipado, visível apenas nesta convivência problemática de elementos díspares."[1]

Tendo acendido uma vela para deus e outra para o diabo (e longe de nós aqui determinar quem é quem, principalmente nesta nossa época de cancelamentos), o obscuro escritor que foi encontrado em andrajos nas ruas de Baltimore e morreu miseravelmente poucos dias depois continua sendo, no dizer de Harold Bloom, "inescapável".[2] Como suas personagens que voltam do túmulo para assombrar os crentes e descrentes, ele está mais vivo que nunca e sua obra vem gerando seus efeitos pré-concebidos em deuses e demônios por mais de 150 anos.

Especificamente no que diz respeito a seus contos de raciocínio e investigação, entendamos que se contextualizam num quadro de referências mais amplo, que remonta às origens da própria Literatura: na Bíblia, nas *Mil e uma Noites*, no teatro grego (*Édipo Rei*, de Sófocles), em determinados contos medievais, nas *Novelas Exemplares* de Cervantes e em um episódio de *Dom Quixote*, em Shakespeare (*Hamlet* por exemplo, gira em torno da

---

[1] "A ironia (quase) invisível na narrativa de Poe". In *Anais...* Belo Horizonte: UFMG, 2009, pp. 48-53, p. 51. Disponível em https://www.academia.edu/14196104/A_IRONIA_QUASE_INVISÍVEL_NA_NARRATIVA_DE_POE. Acesso em 26 de jan. 2022.

[2] "Inescapable Poe". In *The New York Review*, October 11, 1984. Disponível em https://www.nybooks.com/articles/1984/10/11/inescapable-poe/ Acesso em 09 fev. 2022.

investigação e da punição de um crime).[3] Ocorre que as condições sócio-históricas do período em que Poe vive e escreve são propícias à sistematização desse gênero que hoje conhecemos como "policial": na primeira metade do século XIX, a busca de crescimento econômico decorrente das revoluções burguesas (a Revolução Francesa e a Revolução Industrial) leva as pessoas a migrarem em massa do campo para a cidade, causando o crescimento dos centros urbanos, onde a grande desigualdade e as más condições de sobrevivência implicam a criminalidade, o caos social e a consequente formação da polícia moderna, cuja função é evitar e punir o crime. Paralelamente a tudo isso, a imprensa vai relatando, a um público cada vez maior, os casos que ocorrem diariamente: incidentes, acidentes, delitos. E é assim que esse público se torna ávido por histórias de investigação criminal.

Fina antena de sua época, Poe capta bem essa situação e, ele mesmo aficionado à decifração de enigmas, pistas, criptogramas e entendedor das regras do raciocínio lógico, aproveita tais ingredientes para formular histórias capazes de envolver o leitor a partir dos princípios que regem toda a sua produção artística — princípios esses formulados claramente em seus ensaios teóricos, quais sejam: a brevidade, a intensidade de efeito e a existência de uma corrente de significação subterrânea acompanhando a história de superfície. No caso dos contos deste

---

[3] Ver Aragón, Margarita R. e Rodenas, José M. C. "Cervantes y el relato detectivesco: la fuerza de la sangre". *Hipogrifo*, 6.2, 2018, pp. 201-213.

volume, em que o raciocínio (mais até que o detetive) ocupa o protagonismo, tudo isso é articulado por várias das técnicas que marcam o estilo poeano, como, entre outras: as citações e referências literárias, científicas, filosóficas (exatas ou não), o narrador não confiável, a ironia e o humor, os jogos sonoros com os significantes, os hipérbatos e anacolutos, as construções sintáticas em gradação chegando ao clímax. E todos esses componentes são utilizados para tratar de temas e motivos recorrentes em toda a sua variada obra, como por exemplo, as questões da solidão, da obsessão, do duplo, da rivalidade e da vingança, assim como a obliteração das dicotomias intelecto e intuição, matéria e espírito, interior e exterior, razão e sentimento, lucidez e loucura.

O primeiro conto do volume, "O Homem da Multidão" (1840), é uma espécie de germe das histórias de detetive, já que todo ele gira em torno de uma investigação malograda (pelo menos na superfície). Ou talvez seja uma história de detetive às avessas, uma espécie de ensaio prévio daquilo que Poe mais tarde vem a denominar "contos de raciocínio" e que hoje conhecemos como "contos policiais". Mas, convenhamos, ela tem menos enredo e mais poesia e amplitude filosófica, ou seja, maior qualidade literária, do que estes. É considerada também como um dos textos fundadores da modernidade, pois que documenta a formação social urbana e que inspira o famoso ensaio de Baudelaire "O Pintor da Vida Moderna", de 1863.

"O Homem da Multidão" apresenta-nos um narrador inominado, que está convalescendo de uma doença, também ela inominada. Sentado diante da janela de um café londrino, ele observa a multidão que passa na rua. Tomado "da mais aguda apetência" decorrente da renovação de suas forças, entrega-se ao prazer de ler não apenas o jornal que traz no colo, mas também os passantes, e diverte-se em categorizá-los por grupos conforme sua indumentária, sua fisionomia e seu comportamento. A descrição é extensa: advogados, militares, comerciantes, nobres, artesãos, escrivães, prostitutas, "pasteleiros, carregadores, carvoeiros, limpadores de chaminés, tocadores de realejo, adestradores de macacos, vendedores de canções — negociantes e cantores; artesãos esfarrapados e operários exaustos de todas as espécies" (p. 37) e assim por diante.

Essa "leitura" da multidão é feita, a princípio, de modo racional, e o narrador a verbaliza com certa ironia distanciada — mesmo porque está de fato dela afastado pela vidraça do café, que talvez distorça um pouco as imagens que a ele se apresentam, assim como certas lentes às vezes diminuem as imagens que nos chegam aos olhos. Porém, à medida que a noite se adensa e os lampiões de gás se acendem, passando a exercer seus "efeitos delirantes", seu interesse na cena aumenta. Ele passa a concentrar-se nas fisionomias individuais e acaba por perceber o rosto enigmático de um velho que tem dificuldade de localizar socialmente e que associa a uma figura demoníaca pintada por Moritz Retzsch. Tendo a impressão de detectar, nesse velho, indícios de um nobre decaído e criminoso (parece perceber sob seus andrajos um diamante e uma adaga), e acreditando ser ele possuidor de um segredo e de uma história maligna, o narrador abandona seu posto de investigação (assim como seu distanciamento crítico) e, tomado por vagos impulsos e sensações irracionais, passa a segui-lo obsessivamente pela cidade labiríntica até a manhã seguinte na tentativa de decifrar seu mistério. O velho anda sem rumo pelas ruas e pelas regiões mais perigosas de Londres e, sempre que a multidão se dispersa, fica desesperado para juntar-se novamente a ela.

Quem é o narrador e o que exatamente ele busca no velho? Quem é o velho e o que exatamente ele esconde que tanto interessa ao narrador? E o que, em ambos, interessa a nós, leitores, que neles colamos nessa busca de matizes ontológicos? O conto se inicia falando na "essência de todo crime" e termina falando do velho como "o protótipo do crime insondável". Mas que crime é esse que se faz mistério e segredo e que permanece como abstração e possibilidade ilegível e inescrutável?

Com todas essas perguntas, seguimos o homem da multidão e, é claro, "O Homem da Multidão", pelos caminhos tortuosos dos efeitos que ambos geram em nós — a personagem em particular e o conto como um todo. E nos vemos desempenhando dois papéis, ambos enganosos: sentados junto ao narrador na primeira metade do texto, "lendo" passivamente com prazer as imagens que se formam em nossa mente ao decodificarmos a escrita e, na segunda metade, fazendo com ele o "trabalho de campo", perseguindo imaginariamente uma figura escorregadia — metáfora de nossa própria energia desconhecida, nômade e desgarrada, que espelha o narrador misterioso que a espelha; tentando decifrar o indecifrável:

"a" história humana sem nome, essencial, singular; e a um tempo plural, enigmática.

Atarantado, o narrador volta à rua de onde havia partido sem a ter decifrado. Como o cão que corre atrás da cauda, ele fecha o circuito da busca retornando a si, sem a resposta que esperava encontrar no outro e provavelmente em si. Com ele, encerramos essa leitura circular, acompanhados por todos os que buscam e se buscam, e ao mesmo tempo sós, sem respostas.

A circularidade nos convida a reler o conto — e, a essa releitura, não o submetermos a um estudo puramente analítico e distanciado; nem sucumbirmos a uma imersão com base apenas nas sensações; nem tampouco nos entregarmos à impulsividade, à avidez das peripécias.

Assim como o detetive lê sempre a história do crime depois de ela ter ocorrido, a partir de seus indícios e pistas, talvez possamos percorrer o caminho de leitura ao contrário, com atenção — também nós, com uma vela acesa a Deus e outra ao Diabo: mantendo, sim, o interesse na trama e na ação, mas principalmente na aventura que é a própria linguagem, identificando os vários caminhos (sentidos) que se formam na perambulação e entendendo que eles correm também por baixo, desconstruindo o trajeto em que nos movemos na superfície e que se tornará ilegível se insistirmos em nos apoiar em parâmetros tradicionais de leitura.

Poe está à frente de seu tempo quando escreve esse conto e, em vez de correr atrás do velho (e de tudo o que é velho em arte), corre diante dele. E de nós, leitores. Para bem acompanhá-lo, temos de estar sempre *avant la lettre* (literalmente "antes da letra"), na vanguarda. E compreender que certos textos (a exemplo dos seres humanos) jamais se *deixam ler* — em geral, os polissêmicos, os que geram infinitas significações. E que talvez, em lugar de ser fechado e circular, esse texto talvez seja aberto a muitas jornadas de leitura e interpretação.

É também de leitura que se trata quando Poe cria Chevalier Auguste Dupin, o primeiro detetive da história da literatura. Lembremos que Dupin é um detetive leitor, que o narrador o encontra pela primeira vez em uma biblioteca e que o fato de ambos buscarem "o mesmo raríssimo e notabilíssimo volume levou-[os] a uma amizade mais próxima" (p. 54).

Dupin é um homem de hábitos reclusos e requintados. Proveniente de uma família rica e aristocrática, perdeu sua fortuna e vive em Paris, onde o narrador o conhece e, graças às afinidades intelectuais acima referidas, passa a compartilhar com ele uma residência de estilo gótico no Faubourg Saint-Germain. O detetive é pessoa de temperamento peculiar, dado a momentos de silêncio e recolhimento intercalados por outros de entusiasmo e verborragia. Seus motivos para resolver os crimes são sempre pessoais: no primeiro conto da trilogia, livrar da acusação um suspeito que uma vez lhe prestara um favor; no segundo, refutar as notícias publicadas pelos jornais e consolidar sua reputação como investigador junto à Chefatura de Polícia parisiense; e, no terceiro, vingar-se de uma peça que lhe havia sido pregada anos antes (além, é claro, de mostrar que é mais astucioso do que o astucioso transgressor). Desejoso de conhecer "a verdade", que, para a visão oitocentista com características neoplatônicas é uma só, ele se dedica como amador, de corpo e alma, à decifração de crimes que a polícia francesa se mostra incapaz de resolver — não por lhe faltar inteligência e argúcia, como ele comenta, mas por tornar complexo aquilo que é simples, por não ter método e não ser capaz de "ler" as pessoas, nem de se identificar com elas. Dupin, ao contrário, é tão capaz de ler o outro que esse seu dom chega às raias da clarividência: ele desafia a credulidade do amigo narrador quando dialoga com o que este pensa mas não chega a verbalizar, reconstruindo suas ideias (em ordem inversa) a partir de uma rede de associações e inferências.

Assim é que, ao fornecer todas as pistas, explicações e raciocínios ao narrador sempre inominado, seu amigo e admirador de inteligência mediana, Dupin conduz nossa própria leitura (nossa própria investigação) a um ritmo que não temos dificuldade de acompanhar. E é assim que, durante três episódios, penetramos em um mundo eminentemente masculino e convivemos com três personagens recorrentes (narrador, Dupin e o Chefe de Polícia G—) nos contos: "Os Assassinatos da Rua Morgue", publicado originalmente em 1841 no *Graham's Magazine*; "O Mistério de Marie Rogêt", publicado pela primeira vez em três partes (novembro e dezembro de 1842 e fevereiro de 1843) na revista novaiorquina *Snowden's Ladies Companion*; e "A Carta Roubada", publicado em 1844 na Filadélfia no volume *The Gift: A Christmas and New Year's Present for 1845* pela editora Carey and Hart.

A genialidade de Dupin repousa em um conjunto de raras habilidades, todas elas valiosas para um detetive: acurado poder de observação e de concentração, capacidade analítica e raciocínio matemático, exatidão nas sondagens, espírito crítico, mas também aguçada intuição e imaginação, sem deixar de se relacionar de modo muito objetivo com o mundo material. Culto, erudito mesmo, experiente, atento aos detalhes mais insignificantes, ele é capaz de logo perceber o que é importante e o que não é, colocar-se no lugar do criminoso e empregar com facilidade todas as formas de raciocínio lógico na resolução de enigmas. Verdadeira máquina de pensar, como diz dele Lacan em "Seminário sobre 'A Carta Roubada'".[4] Mas também poeta.

Embora essa intrigante personagem atue como uma força centrípeta nos contos, tudo neles contribui para que se forme uma atmosfera equilibrada de intimidade e aliança entre ela, o narrador e o leitor. Tal trindade compõe uma caixa de espelhos de paredes móveis em que as visões ora se aproximam, ora se afastam para melhor compreender. Compõe também uma caixa de ressonância em que a vozes de Dupin e do narrador às vezes se distanciam para que o leitor possa perceber, no vácuo que entre elas se forma, certo humor e ironia que muito têm a ver não apenas com a caracterização, mas com a própria legitimação das soluções fornecidas — e com as provocações de uma instância inteiramente extradiegética e

---

[4] In *Escritos*, trad. Vera Ribeiro, Rio de Janeiro : Jorge Zahar Ed., 1998, pp. 13-66.

extratextual que busca um leitor menos massificado. Pois, afinal, por trás das solicitações de Dupin ao narrador, não é Poe quem pede ao leitor para que atente à peculiaridade de determinadas elocuções, repense os caminhos lógicos percorridos, reexamine os dados, releia os textos? Não parece estar ele mesmo se dirigindo ao leitor quando faz Dupin perguntar a seu interlocutor: "Eu não sei [...] que impressão posso ter causado, até agora, em seu próprio entendimento"?

Pois é bem disso que se trata: Poe estimula o leitor a deter-se para observar as impressões que o texto nele está suscitando; incentiva-o a ser crítico, a navegar em suas subcorrentes de significação sem soçobrar e a não se confundir nelas quando se fazem turbulentas e ramificadas na superfície; ensina-o a recorrer, como Dupin, a várias habilidades de leitura, à capacidade de análise, à imaginação e à intuição; e, certamente, à sensibilidade poética.

"Os Assassinatos da Rua Morgue" começa com uma dissertação do narrador, como introdução ao caso que irá expor, acerca das capacidades mentais humanas, especialmente do cálculo e do raciocínio lógico, quando utilizadas nos jogos de xadrez, damas e uíste. Sua tese é de que as regras do xadrez dão mais margem ao erro e, na maior parte dos casos, levam quem é mais concentrado, e não quem é mais perspicaz, a ser o vencedor. Para ele, o jogo de damas, em sua simplicidade, possibilita que o jogador se identifique com seu oponente e perceba quando pode incorrer em erro. Mas, a seu ver, é no uíste que, além de saber observar o oponente, o jogador deve saber *o que* observar. Na verdade, ao fazer essa longa exposição, o narrador nos está preparando para a crítica que será feita, no final do conto, aos métodos da polícia parisiense, que nem sabe o que observar, nem sabe pensar como o oponente.

O caso em si é quase inverossímil: duas mulheres, mãe e filha, são assassinadas no quarto andar de sua residência, que, no momento do crime, está trancado por dentro. A filha é estrangulada com marcas profundas dos dedos do agressor no pescoço e seu cadáver é enfiado de cabeça para baixo na chaminé do aposento. A mãe é decapitada e seu corpo é posteriormente lançado pela janela até a rua. Enquanto os crimes ocorrem, gritos são ouvidos na casa, mas ninguém pode entrar para ajudar as duas mulheres, porque a porta está trancada. Quando os vizinhos conseguem arrombá-la, já não há como salvá-las. Eles encontram a sala revirada, uma navalha e enormes tufos de cabelos ensanguentados, algumas joias e quatro mil francos em ouro.

Dupin toma ciência do caso e de vários detalhes a ele relacionados por meio dos jornais. Descobre que um empregado do banco, conhecido seu, é considerado como suspeito por ter acompanhado a senhora ao apartamento logo após ela ter sacado os quatro mil francos. Afirmando dever-lhe um favor, pede permissão ao Chefe de Polícia, também seu conhecido, para ter acesso à cena do crime.

Dupin resolve o mistério, porém, mais do que a história de um crime, o que se conta aqui é a história de um modo de raciocínio — a aplicação, desta vez ao conto, de um princípio de escrita "ao contrário", tal como Poe a havia descrito em seu famoso ensaio "A Filosofia da Composição".

Porém, pelo que se depreende do que escreve ao amigo Philip Pendelton Cooke, ele parece não dar grande valor a esse princípio quando não é de poesia que se trata:

> Onde está a engenhosidade de se desfiar uma teia que você mesmo (o escritor) teceu com o propósito de destecer? O leitor é levado a confundir a engenhosidade do suposto Dupin com a do escritor da história.[5]

Poe aqui dá a entender que considera mais intrigante desenvolver um tema que não venha a "desfiar" ou desvendar, montar uma trama que não venha a desfazer, como é o caso, talvez, de "O Homem da Multidão". E deixa bem claro que, mesmo trabalhando à maneira de Penélope, isto é, destecendo aquilo mesmo que teceu, considera-se mais engenhoso que Dupin.

"O Mistério de Marie Rogêt", segundo conto da trilogia detetivesca, também se passa em Paris e acompanha a investigação do assassinato de uma moça que trabalhava em uma perfumaria. Desta vez, não é Dupin que procura o Chefe de Polícia, mas é este quem o procura, em função de seu notável desempenho na solução do caso anterior.

---

[5] "Where is the ingenuity of unravelling a web which you yourself (the author) have woven for the purpose of unravelling? The reader is made to confound the ingenuity of the suppositious Dupin with that of the writer of the story." In Poe, Edgar Allan. *The Letters of Edgar Allan Poe*, ed. John Ward Ostrom, NY: Gordian P., 1966. Apud Kelly, Warren Hill. "Detecting the Critic: The Presence of Poe's Critical Voice in His Stories of Dupin." *The Edgar Allan Poe Review*, vol. 4, no. 2, 2003, pp. 77-86. Disponível em www.jstor.org/stable/41506185. Acesso em 20 dez. 2020, pp. 79-80.

De início, Dupin recusa-se a participar da investigação, mas depois muda de ideia diante da insistência de G— (e do oferecimento de uma boa recompensa). A partir de então, o narrador passa a pesquisar todas as notícias relativas ao caso que são publicadas nos jornais e repassa-as a Dupin, que as analisa em detalhe até afirmar que já sabe como dar seguimento à investigação e solucionar o caso. Mas, embora a solução seja em parte oferecida, o assassino não é revelado — isto é, não sua identidade: Dupin diz de que tipo de pessoa se trata, mas não de quem se trata, especificamente. O conto termina com algumas considerações do narrador acerca do Cálculo das Probabilidades e de como as pessoas se enganam quando buscam a verdade nos detalhes.

Se "Os Assassinatos da Rua Morgue" contam a história de um modo de raciocínio mais do que a história de um crime, "O Mistério de Marie Rogêt", mais do que a história de um crime, conta a história de uma análise de argumentações — ou melhor, refuta com minúcia as hipóteses levantadas por vários periódicos para o mistério de uma morte por afogamento.

Mais uma vez, Dupin nos ensina a ler — desta vez, muito literalmente. Nos artigos de jornal que analisa (dos quais muitos trechos são transcritos), ele aponta imprecisões, equívocos e falácias, incoerências lógicas, evidências insuficientes, denuncia aquilo que hoje tanto se discute como *fake news*. E comenta:

> "Devemos ter em mente que, em geral, nossos jornais querem mais criar sensação — firmar uma opinião — do

que promover a causa da verdade. A segunda finalidade só é almejada quando parece coincidir com a primeira." (p. 127).

E o conto? Que tipo de verdade nos quer revelar? Por que transforma ele em ficção um fato real?

Fato real, sim, porque, embora a ação de "O Mistério de Marie Rogêt" se passe em Paris e a personagem-título tenha tido seu nome traduzido para o francês no texto original em inglês, o conto se origina de um evento ocorrido em 28 de julho de 1841 nos Estados Unidos: o corpo da jovem Mary Cecilia Rogers, de 21 anos, que trabalhava em uma tabacaria na cidade de Hoboken, em Nova Jersey e era localmente famosa por sua beleza, foi encontrado no Rio Hudson. Presumiu-se que ela havia sido vítima de uma gangue local, mas uma testemunha jurou que ela havia sido assassinada após um aborto malsucedido, e a carta de suicídio de seu namorado sugeriu um possível envolvimento no caso. De qualquer modo, o caso permaneceu sem solução, mas fez grande sensação nos jornais na época e Poe esclarece em nota de rodapé, na abertura do conto:

> [...] o autor segue em detalhes minuciosos os fatos essenciais, enquanto traça um leve paralelo com os fatos não essenciais do real assassinato de Mary Rogers. Assim, todos os argumentos encontrados na ficção são aplicáveis à verdade: e a investigação da verdade era o propósito. (nota de rodapé p. 103)

Ironista que é, Poe talvez ficcionalize um caso verídico para demonstrar que a verdade... não se encontra no jornalismo, nem talvez na assim chamada "vida real". Vejam: ele não diz que em seu conto os fatos reais são ficcionalizados, mas que "*todos* os argumentos encontrados *na ficção* são aplicáveis *à verdade*", ou seja, que é na ficção que a verdade reside. E por isso talvez Dupin apresente vias lógicas válidas de conclusão para o assassinato de Marie Rogêt (e, conforme dá a entender, também de Mary Rogers), mas o conto não confirma sua resolução final do caso e mantém uma abertura que hoje consideraríamos bem pós-moderna. Embora uma nota "afirm[e] brevemente que o resultado da investigação foi alcançado e que o Chefe de Polícia cumpriu pontualmente, embora com relutância, os termos de seu acordo com o Chevalier" [p. 127], o teorema não se fecha com o famoso "como queríamos demonstrar". O mistério permanece na ficção, assim como na assim chamada "vida real". Porém, uma vez mais, o leitor recebe uma lição de leitura, sendo solicitado a assumir uma posição crítica por aquele que a oferece, que mostra como se pensa, mas também deixa brechas abertas ao raciocínio e à interpretação.

Quanto a "A Carta Roubada", bem... talvez seja ele um dos contos mais comentados da história da Literatura. E provavelmente um dos mais bem escritos. Só ele valeria a vultosa recompensa que Dupin recebe do Chefe de Polícia (qualquer que seja ela) multiplicada *ad infinitum*, considerando-se todas as implicações que vem tendo, não apenas nas histórias policiais já formuladas depois dela em todos os tipos de mídia, mas também nos estudos de psicanálise e filosofia. Só esse conto deveria valer milhões em direitos autorais a Poe, vivesse ele em outros tempos.

 Neste último conto da trilogia detetivesca, Dupin enfrenta um oponente à sua altura, um duplo — O Ministro cujo nome não conhecemos, mas que compartilha com o seu a consoante inicial, a letra "D", além das mesmas capacidades e do mesmo brilhantismo. E Dupin faz questão de derrotá-lo usando o seu próprio estratagema, sem que ele o perceba.

 Trata-se, aqui, do roubo de uma carta cujo conteúdo põe em risco a reputação de sua destinatária — ao que tudo indica, ninguém menos do que a rainha de França. O Ministro vê a carta sobre uma escrivaninha e, percebendo tratar-se de algo importante e comprometedor, rouba-a diante da vítima. Ela, temendo que o rei, presente à situação, perceba a existência da carta, nada pode fazer ao vê-la ser levada. Assim, o problema não consiste em se descobrir quem é o ladrão, já que este é conhecido da vítima, mas sim em saber onde ele esconde a carta. Após esquadrinhar várias vezes o quarto do Ministro e os objetos nele contidos e após revistar muitas vezes o próprio Ministro sob outros pretextos, para verificar se ele não estaria carregando a carta consigo, a polícia nada encontra. É então que Dupin a recupera usando um raciocínio simples, assim como sua capacidade de observação do outro e de seu entorno.

 Deixando de lado toda a complexidade de análise que o conto suporta, observemos apenas que Poe, como sempre, deixa nele pistas de leitura para que o leitor possa exercer sua própria capacidade de detecção (algumas das quais, infelizmente, Katia e eu fomos obrigadas a perder na tradução).

A primeira pista é, sem dúvida, a palavra "carta", que, em inglês — "*letter*" —, refere-se não apenas ao objeto de fato do roubo mas também à palavra "letra", indicando que, no próprio texto do conto, a letra (ou palavra), ao ser "roubada" (e para exprimir esse assalto Poe é finíssimo ao escolher novamente um vocábulo ambíguo — "*purloined*" — que significa tanto "roubo" como "desvio"), muda de sentido e de valor conforme o lugar que se ocupa no circuito da comunicação.[6] Ou seja, Poe aqui destina um protagonismo todo especial a essa carta que se desvia conforme as personagens se deslocam e que acaba sendo roubada do ladrão, assim como a palavra é passada adiante de leitor a leitor e valorada de modos diferentes conforme a posição que se assume em relação a ela.

A segunda pista que Poe fornece a seu leitor é mais uma alusão a jogos que ilustram os caminhos lógicos de Dupin: o método de vitórias de um menino que apostava

---

[6] Mais uma vez, isso é bem explicado no ensaio já referido de Lacan a respeito de "A carta roubada". Quem se interesse pelo assunto e queira aprofundar as interpretações (principalmente psicanalíticas) desse conto, vale a pena ler também a refutação de Jacques Derrida a esse ensaio denominado "O carteiro da verdade" In *O cartão postal*: de Sócrates a Freud e além. Trad. Simone Perelson e Ana Valéria Lessa. Rio de Janeiro: Civilização Brasileira, 2007, p. 457-542. E ler também um brilhante estudo que faz Barbara Johnson da polêmica entre os dois, denominado "The Frame of reference: Poe, Lacan, Derrida. In *Yale French Studies*, No. 55/56, Literature and Psychoanalysis. The Question of Reading: Otherwise. (1977), pp. 457-505. Disponível em https://www.jstor.org/stable/2930445. Acesso em 31 de jan., 2022.

bolas de gude no jogo de par ou ímpar e uma adivinhação que se joga sobre um mapa, no qual letras grandes demais, por sua obviedade, acabam por chamar menos a atenção do que as menores. Novamente as letras. Novamente Dupin mostra como ler.

A questão aqui é que não basta possuir todos os dados do caso para se chegar à sua solução. Há que observar o oponente, conhecê-lo, estudar seu comportamento. E é por saber como ele se comporta — e também como a polícia francesa se comporta — que Dupin resolve o caso. Com a maior simplicidade. Da maneira mais óbvia. Mas, para o Comissário G—, impensável. O roubo da carta revela-se um grande mistério para a polícia, condicionada que está a utilizar sempre o mesmo método para todos os casos, sem avaliar que cada um exige uma busca diferenciada segundo o perfil dos infratores.

Mais uma lição muito semelhante àquela transmitida pelo primeiro conto: não se pode utilizar os mesmos parâmetros de leitura para todos os textos. Ou seja, em "O Homem da Multidão", não se pode sempre *apenas* categorizar, classificar, analisar, enfim, racionalizar. Nem se pode sempre correr *apenas* atrás das próprias sensações ou emoções na leitura. A boa leitura implica uma pluralidade de habilidades e a flexibilidade de atitudes; principalmente, a abertura para o outro que é o texto como enigma a ser desvendado. Se Dupin consegue tão bem "ler" as pistas diante de si é porque é a um tempo racional *e* intuitivo, matemático *e* poeta, calculador *e* psicólogo.

O último conto desta coletânea, "Tu és o Homem", combina o conto de investigação e raciocínio com o conto de humor e o grotesco. Como se Poe já se pusesse a ridicularizar o próprio gênero que acaba de criar, a própria figura do detetive, do criminoso, dos adjuvantes e coadjuvantes. Ao mesmo tempo, não deixa de gerar suspense e... enredar-nos na solução de um assassinato. Aqui, embora o texto indique com todas as pistas quem foi o criminoso como se houvesse flechas vermelhas em toda parte apontando para ele, o narrador, a princípio, parece não se dar muito conta do que ocorre (o que é bastante irônico já que, segundo a etimologia, a palavra "narrador" provém de *gnarus*, aquele que sabe, o contrário de *ignarus*, o que ignora). Percebemos uma espécie de dissociação entre sua retórica um tanto ingênua e os fatos que conta, todos eles incriminando determinada pessoa de quem ele parece não desconfiar. Até que...

Qual é o caso? O senhor Barnabas Shuttleworthy, "um dos mais ricos e respeitáveis cidadãos" de Rattleborough desaparece e as buscas são lideradas por seu vizinho e melhor amigo, Charles Goodfellow, para quem o desaparecido havia encomendado uma caixa de vinhos. Todas as pistas descobertas conduzem ao sobrinho de Shuttleworthy, a quem este havia ameaçado deserdar, e ele é feito prisioneiro, após confirmar suas desavenças com o tio.

Depois de muita agitação na pequena localidade, o narrador decide atuar no caso e, para o leitor, mais interessante do que saber quem é o criminoso (o texto não deixa de mostrá-lo o tempo todo) são essas descobertas graduais: que é ele que acaba assumindo o papel de detetive, que o tempo todo estava observando mais do que parecia, que estava recolhendo provas. É ele quem sai em campo e recorre ao conhecimento de balística para revelar a identidade do assassino, o que prefigura a utilização da perícia no desvendamento de crimes.

 Percebo que, neste resumo, adianto muito da conclusão da história. Mas, de novo, aqui não importa tanto a solução do caso, e sim, mais que tudo, o modo como essa solução é revelada aos habitantes da cidade. Se Dupin se considerava imaginativo, o narrador de "Tu és o Homem" poderia lhe mostrar alguns truques que honrariam seu nome — afinal, o verbo "*to dupe*", em inglês, significa, entre outras coisas, "pregar uma peça". E é disso mesmo que se trata: de Poe surpreender-nos sempre com seus truques narrativos, pregar-nos peças, não importa que tipos de leitores sejamos, não importa quantas histórias de detetives conheçamos, não importa quantas vezes já tenhamos lido suas próprias histórias. Vulgar ou sublime, não se pode negar que ele dominava como ninguém as regras de composição e de retórica, que sabia montar um conto como poucos e que influenciou, de algum modo, todos os que escreveram depois dele. Que debatam a seu respeito críticos e leitores de todos os tipos, trata-se mesmo de um escritor "inescapável".

© *Copyright* desta tradução: Editora Martin Claret Ltda., 2022.

Direção
MARTIN CLARET

Produção editorial
CAROLINA MARANI LIMA / MAYARA ZUCHELI

Projeto gráfico e direção de arte
JOSÉ DUARTE T. DE CASTRO

Diagramação
GIOVANA GATTI LEONARDO

Ilustração de capa
DOUG LOBO

Ilustração de guarda
LARYSA KRYVOVIAZ / SHUTTERSTOCK

Tradução e notas
ELIANE FITTIPALDI PEREIRA/ KATIA MARIA ORBERG

Revisão
CAROLINA LIMA

Impressão e acabamento
GEOGRÁFICA EDITORA

A ORTOGRAFIA DESTE LIVRO SEGUE O NOVO ACORDO ORTOGRÁFICO DA LÍNGUA PORTUGUESA.

Dados Internacionais de Catalogação na Publicação (CIP)
(Câmara Brasileira do Livro, SP, Brasil)

Poe, Edgar Allan, 1809-1849.
Contos de raciocínio e investigação / Edgar Allan Poe; tradução: Eliane Fittipaldi Pereira, Katia Maria Orberg. — São Paulo: Martin Claret, 2022.

ISBN 978-65-5910-166-5

1. Contos norte-americanos   I. Título.

22-104182   CDD-813

Índices para catálogo sistemático:

1. Contos: Literatura norte-americana   813
Eliete Marques da Silva – Bibliotecária – CRB-8/9380

EDITORA MARTIN CLARET LTDA.
Rua Alegrete, 62 — Bairro Sumaré — CEP: 01254-010 — São Paulo — SP
Tel.: (11) 3672-8144 — www.martinclaret.com.br
Impresso – 2022

CONTINUE COM A GENTE!

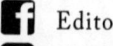

- Editora Martin Claret
- editoramartinclaret
- @EdMartinClaret
- www.martinclaret.com.br